LITRA DUKT

GARY VICTOR

Suff und Sühne

Aus dem Französischen
von Peter Trier

LITRADUKT

Bibliographische Information der Deutschen Bibliothek:
Die Deutsche Bibliothek verzeichnet diese Publikation
in der Deutschen Nationalbibliographie; detaillierte bibliographische Daten
sind im Internet unter *http://dnb.ddb.de* abrufbar.

Erste Auflage, März 2017
Ungekürzte Ausgabe
litradukt, Literatureditionen Manuela Zeilinger-Trier,
www.litradukt.de

Das französische Original erschien 2013 unter dem Titel
»Cures et châtiments«,

Aus dem Französischen von Peter Trier
Umschlaggestaltung und Satz: Berliner Süden
Umschlagabbildung: Etienne Bienvenu
Herstellung: CPI Clausen und Bosse, Leck
Printed in Germany

ISBN: 978-3-940435-20-0

Begriffe, die mit einem Stern gekennzeichnet sind,
werden im alphabetischen Glossar erklärt.

Für Raychnaida Thelot, die darauf bestanden hat,
Inspektor Dieuswalwe Azémar eine Entziehungskur zu verordnen

Für Gabriel Fortuné und Henri Cayard

I

Die riesige, schwarze Tarantel kam langsam von der Decke herunter. Die Zeit hatte sich ins Unendliche verlängert. Das Netz der Spinne schwang in den vier Ecken des Zimmers wie die Saite einer verstimmten Geige. Irrer Hass leuchtete aus ihren sämtlichen Augen. Er, Inspektor Dieuswalwe Azémar, lag bewegungsunfähig auf einem Bett. Nackt. Schon wieder auf einem Bett! Schon wieder nackt! Er erinnerte sich an das Motel, in dem er abgestiegen war, als das Erdbeben einen Teil der Stadt zerstört hatte. Er hatte mit einer Frau geschlafen, und die Decke des Zimmers war eingestürzt. Seine jetzige Lage war schlimmer: Es lag kein Frauenkörper als Schutz auf ihm. Verschreckt behielt er die Klauen im Auge, an denen Gifttropfen glitzerten. Er biss die Zähne zusammen, um der Kälte in seinen Gelenken zu widerstehen, und langte dorthin, wo sein Revolver hätte liegen müssen. Der Smith & Wesson war jedoch von der Generalinspektion eingezogen worden. Er würde seine Waffe nach der Entziehungskur zurückerhalten, wenn der verantwortliche Arzt eine positive Stellungnahme abgab. Hatte er sich bei Madame Baptiste, seiner *soro**-Lieferantin und vertrauten Freundin, seine andere Waffe, die Beretta, wiedergeholt? Er erinnerte sich nicht. Es war ihm unmöglich, den Kopf nach rechts oder links zu drehen, um sich zu vergewissern. Sein Körper wog eine Tonne. Nur der rechte Arm war noch ein bisschen beweglich.

Die Tarantel war nun ganz nah. Der Inspektor versammelte seine Kräfte, um seine Hand zu bewegen. Er tastete vergeblich nach der Waffe. Die scharfen, behaarten Klauen der Spinne drohten einige Zentimeter von seiner Brust entfernt. Sie holte aus, um ihm den Oberkörper zu durchbohren. Ein Schluchzen krampfte Dieuswalwe Azémars Körper zusammen. Seine Lippen schmeckten seinen salzigen Schweiß. Die Spinne schlug mit ihren Klauen nach ihm. Sein Lager kippte ins Leere. Die Dolche der Spinne ließen Funken hinter sich, während sie durch die Luft fuhren. Der Inspektor war auf seinem Bett vorerst außer Reichweite, er pendelte über einem Abgrund, aus dem, wie er seltsamerweise sehen konnte, glühende Feuer leuchteten. Sein Peiniger kicherte: »Wenn du glaubst, dass du davonkommen kannst, Mann, dann täuschst du dich.« Der Kopf der Spinne hatte sich verwandelt: Über ihm schwebte das heitere Gesicht Marasas, des Magiers, den er eines Morgens in einer Hütte im hintersten Winkel des Ortes namens »Die Stinkenden Quellen« erschossen hatte. Die halbmenschliche Spinne änderte ihre Taktik. In den Händen, die sie zwischen den Spinnenbeinen hatte, hielt sie einen Stock, der sorgfältig zu einer Schlange geschnitzt war, und versuchte damit, den Inspektor in den Abgrund zu schieben. Bei jedem Stoß mit dem Stock wurde er näher an den Rand gedrückt. Er tastete weiter nach der Pistole, die so viele Delinquenten ins Land ohne Hut* befördert hatte, verurteilt nur von ihm, Inspektor Dieuswalwe Azémar, selbsternannter oberster Richter in einem Land, in dem zu viele korrupte Richter in Diensten schurkischer Mächte standen, die jedes Gewissen kaufen konnten. »Du verschwendest deine Zeit«, jubelte sein Mörder. Nur noch ein Stoß mit dem Stock, und der Abgrund würde ihn verschlingen. Wie konnte sich das Bett so schwerelos über der Schlucht halten? Man hatte ihn gewarnt. Diese brutale Kur konnte zu schweren Sinnesstörungen führen. »Das Leben in diesem Land ist eine Halluzination im Endstadium«, sagte er sich. »Dennoch muss man bis zum letzten Atemzug kämpfen und sich nicht damit aufhalten, die Wirklichkeit zu hinterfragen.« Die Tarantel wurde von unbändiger Freude erfasst. Sie drückte mit dem Stock ein letztes Mal gegen den Körper des Inspektors. Der wehrte sich verzweifelt und klammerte sich an sein Bett, während seine Hand immer noch nach der Pistole tastete. Entnervt von seinem Widerstand, versuchte die Spinne, das Bett anzuheben, um ihr Opfer in den Abgrund rutschen zu lassen. Im letzten Moment fand er die Waffe. Die Teillähmung seines Arms verschwand. Er feuerte. Marasas Gesicht zerbrach wie eine Maske aus Gips. Der Inspektor schoss das Magazin leer, das Dauerfeuer hörte sich an wie Donnergrollen. Die Szenerie wechselte. Er schwebte über nackten Bergen, ein Papierdrachen, der dem Atem einer Gespensterarmee ausgeliefert war. Es waren Flibustier, sie standen in Reihen auf den Decks mehrerer Schiffe, die in Kiellinie parallel zur Küste fuhren. Er verlor an Höhe, stürzte auf eine klaffende Krateröffnung zu. Eine monströse Vagina erfasste ihn mit ihren feuchten Lippen. Jemand rüttelte ihn kräftig: »Herr Inspektor ... Herr Inspektor ... Wachen Sie auf.« Er versuchte zurückzukehren, aus seinem Gefängnis hinauszufliegen, über den Stacheldraht zu springen. Wohlwollende Hände schüttelten ihn: »Herr Inspektor ... Es ist Zeit für Ihre Medikamente.« In einem klebrigen Nebel erkannte er vor sich ein Gesicht. Es war nicht das von Marasa. Er musste einige Sekunden in seinem Gedächtnis kramen, bis er das Gesicht der Frau, die sich mit besorgtem Ausdruck zu ihm hinbeugte, mit einem Namen belegen konnte. Sie reichte ihm ein Glas Wasser und zwei Tabletten. »Ich will sie nicht«, schluchzte er, »ich leide zu sehr. Ich kann nicht mehr.« Sie küsste ihn auf seine brennende Stirn. »Es muss sein. Es ist für Ihre Tochter Mireya. Wenn Sie nicht arbeiten, was soll dann aus ihr werden?« Er erkannte die Stimme von Madame Excès, die sich seit einigen Jahren um Mireya kümmerte, wenn er nicht da war. Er schluckte die Pillen mit etwas Wasser. Madame Excès legte ihn unendlich sanft wieder ab. »Sie haben Fieber, Herr Inspektor. Das ist normal, sagt der Arzt. Da sehen Sie, was für Unheil der *soro* anrichtet. Das ist ein Teufelsgetränk. Wenn Sie geheilt sind, fangen Sie mir nicht wieder an, ich werde Sie überwachen.« Seine Kehle brannte. Seine Luftröhre war mit Glut gefüllt. Das Wasser, das er getrunken hatte, war möglicherweise vergiftet. Es gab so viele Leute, die etwas gegen ihn hatten, denn er beharrte darauf, ein echter Bulle zu bleiben mit seiner elenden Wohnung, seinen abgetretenen Schuhen und seinem Nissan, der sich mit einem Vierteljahrhundert auf dem Buckel mühsam am Leben hielt. Der Durst nach der Bitterkeit des *soro* schnitt ihm durchs Fleisch. Einen Kick! Mehrere Kicks! Er kauerte sich zusammen, umschloss seinen skelettmageren Körper mit den Armen und stellte fest, dass er nackt war. Einen Schluck. Nur einen kleinen Schluck *soro*. Einen Tropfen! Einen einzigen. Ein Molekül. Ein Atom. »Sie müssen widerstehen. Sie tun's für Mireya. Sie hat nur Sie.« Er hätte sich die Stimme von Madame Excès aus dem Kopf reißen mögen. Die Tarantel kam erneut aus der Zimmerdecke hervor und schoss, von dämonischer Energie getrieben, ihr Netz entlang. Ihre Klauen bewegten sich vor und zurück wie die Fäuste eines Boxchampions. Er suchte frenetisch nach seiner Beretta. Immer schneller kam die Spinne von der Decke herunter. Sein Körper wog erneut eine Tonne. Er war wieder gelähmt, konnte nur den rechten Arm schlecht und recht gebrauchen. Sein Feind war fast auf ihm. Immer noch keine Waffe. Würde er erneut in den Boden, in den glühenden Schlund stürzen? Würde er die Zeit haben, die Pistole wiederzufinden. Eine Klaue durchbohrte seinen Brustkorb. Es gelang ihm trotz allem zu schreien, um seinen Wunsch nach Leben herauszubrüllen, seinen Wunsch, allen zum Trotz zu existieren. Die Spinne riss ihm ein blutendes Organ aus dem Körper. Der Inspektor verlor das Bewusstsein.

*

Als er aufwachte, war er nah am Ersticken, seine Lungen platzten schier. Er zog gierig die Luft ein. Bei jedem Atemzug krampfte ihm der Schmerz die Brust zusammen. Kurzer Atem, brennende Kehle, ein bitterer, klebriger Schleim im Mund, verschwommener Blick. Er erkannte die elende Wohnung, in der er seit Jahren lebte. Seine Bücher standen nicht mehr durcheinander in dem von den Termiten halb aufgefressenen Regal, sondern lagen zusammen mit Kleidungsstücken, Arzneimittelflaschen, Geschirr und einem fast völlig zerschlissenen Paar Schuhe verstreut auf dem Teppichboden. Die Luft war verpestet von eingetrocknetem Erbrochenen. Bei allem guten Willen war Madame Excès machtlos gegen die Unordnung und den Schmutz in diesem Zimmer gewesen. In seinen Entzugskrisen wurde der Inspektor zum Tobsüchtigen. Es gelang ihm, aufzustehen und auf wackeligen Beinen zu der Anrichte zu gehen, die an das alte Bücherregal stieß. Die Digitaluhr zeigte Mittwoch, 17 Uhr 15 an. Er hatte das Zeitgefühl verloren. Eine große, haarige Ratte, die an einer eingetrockneten Pfütze aus Erbrochenem leckte, kümmerte sich kaum um die Bewegungen dieses Gespenstes. Das Radio lief, es wurden die Abendnachrichten gesendet. Aus einer rebellischen Hartnäckigkeit heraus trotzte Dieuswalwe Azémar den Verheerungen seiner Kur und blieb einige Sekunden stehen, um den Worten des Journalisten zuzuhören. Dieser sprach von der Entführung des jungen Johnny Harras vor drei Tagen. Der Vater, Jacques Harras, ein bekannter Industrieller, hatte sich politisch in den Kämpfen engagiert, die den Diktator ins Exil gezwungen hatten. Die Familie Harras gehörte zu den großen Familien, die die Wirtschaft des Landes kontrollierten. Die Kidnapper hatten Polizeifahrzeuge und -uniformen benutzt. Sie hatten sich noch nicht gemeldet. Man fürchtete um das Leben des jungen Harras. Die Polizei hatte keine Spur. Ein seit mehreren Monaten gesuchter Bandenchef, bekannt unter dem Namen Raskolnikow, wurde verdächtigt, hinter der Entführung zu stecken.

Dieuswalwe Azémar blieb reglos stehen. Er sah seinen Freund, den jungen Dichter und Journalisten Pierre Quartier, wieder vor sich. Eines Abends auf der Place Jérémie im Viertel Bas-Peu de Choses hatte er mit ihm stundenlang über einen Roman von Dostojewski diskutiert, sich mit ihm über die Begriffe des Guten und des Bösen gestritten, Begriffe, die in dieser Gesellschaft reichlich lächerlich geworden waren. Er rief sich das Foto einer verstümmelten Leiche ins Gedächtnis zurück, der von Pierre Quartier, den seine Entführer zuerst gefoltert, dann ermordet hatten. Er, der damals in einer Isolationszelle der Generalinspektion gesessen hatte, hatte darauf bestanden, das Dokument in die Hand zu bekommen. Er hörte die zornig donnernde Stimme des jungen Mannes: »Meine Tragik ist, dass es mir unmöglich ist, zur Tat zu schreiten, die Grenze zwischen Gut und Böse auszulöschen, um meine Freiheit zu erobern. Ich will, dass meine Freiheit als scharfes Schwert auf der Kehle dieser verrotteten Gesellschaft liegt. Aber mein Wille ist leider in der kollektiven Moral befangen. Dieuswalwe Azémar, mein Freund, ich sehne mich nach dem Leiden, nach einer Zeit in der Hölle, um dann verwandelt wiederzukehren.« Der Inspektor hatte den plötzlichen Wutausbruch des jungen Mannes nicht verstanden. Pierre Quartier war immer ruhig, übermäßig feinfühlig und liebevoll. Manche fanden, dass er dadurch weibisch wirkte. In seinen Gesten, seinen Blicken, seinem Gang lag eine gewisse Anmut, die auch die Schönheit und Sinnlichkeit seiner Gedichte prägte. Pierre Quartier besang das Leben, sah das Wesentliche hinter den fratzenhaften Masken des Alltags. Wahrscheinlich gefiel es dem Inspektor deshalb in Pierre Quartiers Gesellschaft. Der junge Mann war ein Brunnen, zu dem er immer behutsam, ohne Eile ging, um sich an den sprudelnden Versen zu erfreuen, einem magischen Wasser, das alle Verschmutzungen abwaschen konnte. Aber Pierre Quartier veränderte sich. Die schwindelerregend schnelle Verschlechterung der politischen und sozialen Lage quälte ihn. Die Anhänger der Machthaber hatten es gewagt, auf dem größten Platz des Landes einen abgeschlagenen Kopf zur Schau zu stellen, um die Opposition einzuschüchtern. Man sah Pierre Quartier gegen das herrschende Regime demonstrieren. Es war eigentlich nicht seine Art, sich so zu engagieren. Er sagte, seine Quelle sei versiegt. Das Schreiben fiel ihm schwer. Seine fast feminine Anmut schwand dahin; die derbe, schleimige Materie der Welt lagerte sich auf ihm ab. Der entstellte Alltag drückte dem Körper, dem ganzen Wesen des Dichters seinen Stempel auf.

Über fünf Jahre nach diesen Ereignissen verstand er den Sinn von Pierre Quartiers Worten. Machte ihn der Alkoholentzug, der ihn in unvermutete Zonen seines Bewusstseins abdriften ließ, hellsichtiger? Ein brennender Scheiterhaufen setzte ihn in Flammen. Für einen Augenblick zerstreute sich sein Bewusstsein in den Zeit-Raum-Fragmenten. Er sehnte die Klauen der Tarantel herbei, damit sie den Faden dieses versteinerten Lebens zerschnitten, der ihn noch in dieser Welt hielt.

Er verwahrte ständig eine volle Flasche *soro* gut versteckt hinter einen Möbelstück. Dort standen auch noch weitere, fast leere Flaschen, in denen vielleicht noch ein paar Tropfen waren, nur um den Schmerz durch diese Wahrheit, die sich ihm jetzt aufdrängte, und dieses widerliche, grässliche Bedürfnis zu trinken, zu mildern. »Geh wieder ins Bett, Dieuswalwe«, flüsterte ihm eine Stimme zu. »Die Pillen liegen auf dem Nachttisch. Sie sollen dir helfen. Diesmal darfst du nicht rückfällig werden, wie bei deiner ersten Kur. Vergiss deinen Freund Pierre Quartier. Bleib auf Kurs, damit du deinen Posten behältst. Tu's für deine Tochter Mireya. Tu's, um Kommissar Dulourd, deinen Vorgesetzten, zu ärgern. Er wollte dieses Martyrium für dich. Er hat sich bestimmt gedacht, dass du ohne *soro* durchdrehst. Dass du noch schlimmer saufen wirst als zuvor. Kommissar Dulourd will dich fertig machen, vergiss das nicht!« Sein Durst brachte die Stimme zum Schweigen. Er fuhr mit der Hand hinter dem Möbel an der Wand entlang. Keine Flasche. Schockiert, bestürzt, gemartert warf er einen Blick in den Spalt. Nichts! Dabei wusste er allein, wo sie waren. »Madame Excès!«, brüllte er mit Schaum vor dem Mund, die Maske eines verletzten Tieres vor dem Gesicht. »Ich reiß dir die Eingeweide raus! Ich jag dir eine Kugel in den Kopf!« Seit seiner Kur hatte sie unbeschränkten Zugang zu seinem Schlafzimmer. Sie hatte also sämtliche Winkel der Wohnung durchstöbert und dem *soro* überall nachgespürt, wo er versteckt sein konnte. »Ich schlag dir den Kopf an den Wänden ein!«, heulte er. Vor seinen Augen zog ein schwarzer Schleier vorbei. Er stützte sich gegen den Schaukelstuhl. Im Moment war er nicht in der Lage, bis zum Bett zu gehen. Er hörte ein Lachen hinter sich. Sister Marie-José, die Leiterin des Waisenhauses, das mit Kinderorganen Handel trieb, beobachtete ihn mit spöttisch verzerrtem Gesicht. »Wir schlachten Mireya aus. Was glaubst du, wie viel die Teile uns einbringen werden? Du hast dich getäuscht, als du geglaubt hast, du hättest uns besiegt, du Versager!« Besessen von einer brennenden Wut richtete er sich auf. Er hob den Schaukelstuhl an, um damit auf die Nonne loszugehen, und fiel, mitgerissen von seinem Schwung, der Länge nach auf den Teppichboden, sein Gesicht landete in einer eingetrockneten Pfütze aus Erbrochenen. Ein Schluchzen zerbrach ihn. Ihm wurde sein Niedergang, seine Ausgestoßenheit aus dieser Welt bewusst, in der er nur unter großen Schwierigkeiten überlebte. Durch seine Verzweiflung tönte immer wieder die elektrische Türklingel.

*

Es klingelte unablässig. Der Arzt hätte ihn nicht vor den Sinnesstörungen in den kritischen Momenten seiner Kur warnen dürfen. Er dachte an die Glocken von La Brésilienne*. Sie hatten ihren Klang verloren. War diese elektrische Türglocke mit ihrem schrillen Klang real? In seinem Zustand des erzwungenen Entzugs war alles möglich! Die Klingel an seiner Wohnungstür funktionierte seit Wochen nicht. Sollte sie repariert worden sein, dann hätte niemand sie so lange gedrückt gehalten. Es sei denn, der Mechanismus hatte sich verklemmt, nachdem man ihn betätigt hatte. Der helle, durchdringende Klang stellte seine bereits angegriffenen Nerven auf eine harte Probe. Langsam aber sicher wurde er immer gellender. Bald würde sein Kopf explodieren, seine Hirnmasse durchs Zimmer spritzen. Er entschloss sich zu öffnen, um den Störenfried auf die Fresse zu hauen und anschließend die Klingel abzustellen. Mit den Händen auf den Ohren, um der Marter standzuhalten, schickte er sich an zur Tür zu gehen. Da ihm einfiel, dass er nackt war, musste er die schmerzhafte Aggression der Klingel noch so lange ertragen, bis er eine Hose, ein altes Paar Schuhe und ein Hemd so schnell angezogen hatte, wie es seine ungelenken Bewegungen zuließen. Er gelangte glücklich zur Tür und drehte mühsam den Knauf. Die Angeln quietschten unangenehm. Das hineindringende Licht griff seine Augen an, als stächen ihm Milliarden winziger Nadeln in die Augäpfel.

»Inspektor Dieuswalwe Azémar?«

Eine Frauenstimme! Seine vordringliche Sorge war jedoch diese furchtbare Klingel. Er schlug mehrmals mit der Faust darauf, bis sie verstummte, und blinzelte, um den Schmerz durch die Nadeln in seinen Augen zu lindern. Die Stimme fiel ihm wieder ein, er drehte sich zu der Stelle um, von der sie kam. Eine junge Frau betrachtete ihn aufmerksam. Eine Mulattin. Braun. Die Haare fielen frei auf ihre Schultern. Ein Gesicht mit perfekten, fehlerfrei gezeichneten Zügen. Eine lebende Liane, aus deren Schlingen es kein Entrinnen gab. Eine wiederhergestellte Eva hier, vor ihm. Nichts Bedrohliches. Sie konnte die Tarantel und die anderen Biester, die ihn quälten, vergessen machen! Es war der erste angenehme Moment seit Beginn seiner Kur. Die Frau war einen Kopf größer als er. Mireya, die Frau, mit der er in einem kleinen Bergdorf im Südosten des Landes eine leidenschaftliche Liebe erlebt hatte, als er dort im Fall der verstummten Glocken ermittelte, konnte sich mit seiner Besucherin nicht messen.

»Sind Sie Inspektor Dieuswalwe Azémar?«, vergewisserte sie sich.

Sie sprach französisch mit starkem Akzent. Eine Brasilianerin, vermutete Azémar. Der Tonfall war ihm aus der Zeit vertraut, als er mit brasilianischen Polizisten zusammengearbeitet hatte. Das war zu Beginn des Mandats der Mission der Vereinten Nationen in Haiti nach der Abreise des ehemaligen Priesters und Diktators gewesen. Dessen Anhänger behaupteten, man habe ihn entführt. Mit all dem Geld, das er in seiner Zeit im Nationalpalast angehäuft hat, hätte er das Lösegeld leicht bezahlen können, kicherte der Inspektor innerlich. Er mochte Brasilien. Nicht seine Fußballmannschaft und auch nicht seine Soldaten, die den Großteil des UN-Kontingents in Haiti stellten, aber seine Musik, die verschlingende Sinnlichkeit seiner Rhythmen.

»Es ist wichtig, dass Sie es sind«, sagte sie. »Ich will einen Irrtum ausschließen.«

»Ich bin Inspektor Dieuswalwe Azémar«, brachte er hervor. Durch den klebrigen Schleim in seinem Mund konnte er nur mit Mühe artikulieren.

»Amanda Racelba. Ich bin Ihretwegen in Haiti.«

»Meinetwegen!«, wunderte sich der Inspektor.

Er schüttelte kräftig den Kopf. Sie war weiter da. Sie war jedenfalls keines von den Biestern, die sich seine Kur zunutze gemacht hatten, um in sein Leben einzudringen. Es war eine Atempause. Die Tarantel würde wiederkommen und mit ihr all die Leute, die der Inspektor ins Schattenreich befördert hatte. Die Phantome bedrängten, folterten ihn. Er war wehrlos, und sie nutzten es aus.

»Darf ich reinkommen?«, beharrte die Brasilianerin.

Der jungen Frau war anzuhören, dass das eine reine Höflichkeitsfrage war. Sie war entschlossen einzutreten, und nichts würde sie daran hindern. Inspektor Dieuswalwe Azémar war noch in der erschreckenden Machtlosigkeit des delirierenden Alkoholikers befangen, dem man sein Getränk entzogen hat. Eine so hinreißende Frau durfte diesen Ort, an dem sich das menschliche Elend so deutlich offenbarte, nicht betreten. Er trank nicht mehr, aber es ging weiterhin ein Alkoholgeruch von ihm aus. Sein Körper und die Orte, an denen er verkehrte, waren davon vollständig gesättigt. Da war vor allem der unerträgliche Gestank des Erbrochenen, mit dem Madame Excès trotz reichlicher Verwendung parfümierter Reinigungsmittel nicht fertig wurde. Man konnte den Teppichboden nur noch herausreißen und verbrennen. Madame Excès hatte es für klüger gehalten, die vollständige Heilung des Inspektors abzuwarten, bevor sie zu dieser Extremlösung griff. Sie ging in ihrer Rolle als Beschützerin Mireyas voll auf. Damit Mireya leben konnte, musste ihr Adoptivvater Dieuswalwe Azémar die Prüfung der Kur bestehen: »Wenn Sie kein Polizeiinspektor mehr sind, dann hält der Wohnungsbesitzer Ihnen all die unbezahlten Monatsmieten unter die Nase. Alle, die Angst vor Ihnen hatten, all diejenigen, die Sie unter dem Schirm Ihrer Autorität in Schach gehalten haben, werden sich an Ihnen rächen. Niemand gibt dann noch viel auf Sie, und Ihre Tochter muss es ausbaden.«

Ohne eine Antwort des Inspektors abzuwarten, überschritt die Frau die Schwelle. Sie zeigte Wirkung. Vor allem der Geruch und der Anblick dieses Drecks! Man brauchte einen soliden Grund, nicht kehrtzumachen und vor Blicken geschützt an der nächsten Straßenecke zu kotzen.

»Ich bin krank, sehr krank«, rechtfertigte sich der Inspektor, der sich zu Tode schämte. »Ich habe nicht mit Besuch gerechnet.«

Die Scham war ebenso schmerzhaft wie die scharfen und tödlichen Klauen der Tarantel. Die junge Frau öffnete ihre Handtasche, um ein Taschentuch zu nehmen. Sie schnäuzte sich. Der Inspektor durchschaute sie. Das Parfum, mit dem das Taschentuch getränkt war – Vetiver –, milderte den Gestank des Zimmers.

»Ich will sicher sein, dass Sie es sind«, sagte das Mädchen. »Ich habe nicht viel Zeit.«

»Ich bin Inspektor Dieuswalwe Azémar«, wiederholte der Polizist.

»Wenn ich den Informationen glauben darf, die ich über Sie einholen konnte, dann liegt Ihnen die Gerechtigkeit am Herzen.«

Eine plötzlich kalte, fast unpersönliche Stimme, in der kaum hörbar Zorn mitschwang. Der Inspektor, dem klar war, dass er erbärmlich wirkte, wusste nicht, wie er sich verhalten sollte. Er wandte den Blick ab. Rang die Hände. Schüttelte unablässig seine Beine aus wie ein Athlet, der sich vor dem Wettkampf aufwärmt. Sein Atem war kurz und heiser. Er schwitzte trotz der Kühle des kleinen Zimmers.

»Ich bin krank, Madame. Ich bin mitten in einer Entziehungskur. Wenn ich Ihnen helfen soll, dann klopfen Sie an die falsche Tür.«

Er trat zornig gegen die Fläschchen auf dem Fußboden.

»Der Arzt hat eindeutig gesagt, dass die Medikamente mir helfen würden, meine Abhängigkeit zu überwinden, ohne viel zu leiden. Vielleicht will man mich einfach erledigen. Zu anderen Zeiten könnte ich Ihnen nützlich sein. Dieuswalwe mit zwei W versetzt Berge. Jetzt bringt ihn eine Erdscholle ins Wanken.«

»Schauen Sie mir in die Augen«, befahl die junge Frau.

Der Befehl ließ ihn reglos erstarren. Er wich dem Blick der Brasilianerin nicht aus. Er schämte sich seines Schielens jetzt weniger. Wenn er seine Brille immer noch trug, dann nicht mehr, um diese Besonderheit seiner Augen zu verbergen, sondern um die Gewalt und die Erbärmlichkeit des Schauspiels zu lindern, das sich dem Blick überall bot. Sie musterte ihn ungeniert und unverwandt, ohne sich in die Falle locken zu lassen. Nur Mireya, der Frau, die er einst geliebt hatte, war das ebenfalls gelungen. Sonst wurden die Leute immer von der falschen Richtung seines Blicks in die Irre geführt.

»Sie haben schöne Pupillen, Inspektor.«

Gesagt mit entwaffnender, fast mit Händen zu greifender Schlichtheit. Das Herz des Inspektors vollführte einen raschen Galopp. Er schlug die Augen nieder. Seine Hände waren eiskalt, seine Fingerspitzen verkrampft. Eine tellurische Sinnlichkeit ging von ihr aus. Sie war so stark, dass sie die solideste männliche Festung zerstören konnte. Wenn sie ein Trugbild war, dann war sie das hartnäckigste von allen. Sie trat näher an ihn heran. Ihre Lippen streiften sich beinahe. Er hielt den Atem an. Vielleicht würde das ausreichen, um seinen Geruch, den Geruch eines eingefleischten Alkoholikers, zu mildern. Einen Sekundenbruchteil lang geschah etwas Undefinierbares zwischen ihnen. Eine Anziehung. Ein Tumult. Ein Tornado. Sie wich zurück. Die Verwirrung, die einen Moment ihren Blick verschleiert hatte, wich einer fast schon unbarmherzigen Härte.

»Das wird nicht genügen, Inspektor.«

»Warum, nicht genügen?«, fragte er und kam sich ein wenig dumm vor, diese Frage zu stellen, mit der er eine Leere, ein

Schweigen, einen Raum, eröffnet von einem hartnäckigen Unverständnis, auszufüllen suchte.

»Ich bin Amanda Racelba, die Tochter von General Ramos Racelba.«

Sie lauerte auf eine Reaktion seinerseits. Sie konnte die Spinne oder auch die Schlange von dem Stock sein. Er nahm vage etwas Gefährliches an ihr wahr. In ihren Pupillen war ein beängstigendes Flackern zu sehen. »Mit allen Frauen muss man vorsichtig umgehen«, versuchte er sich zu beruhigen.

»General Ramos Racelba«, wiederholte sie. »Erinnern Sie sich.«

In den letzten Worten lag eine Drohung. Er kramte in seinem Alkoholikergedächtnis. In einem dichten Nebel erwischte er den Faden einer Erinnerung. General Racelba war Kommandant des militärischen Anteils der UN-Mission in Haiti gewesen. Er war in seinem Hotelzimmer tot aufgefunden worden, eine Kugel in der linken Schläfe. Die Ermittlungen waren zu dem Schluss gekommen, dass es sich um einen Selbstmord handelte. Es hatte hartnäckige Gerüchte gegeben. Manche Viertel der Hauptstadt waren damals der blinden Gewalt von Banden ausgeliefert, die dem ehemaligen Präsidenten nahestanden, und aus übereinstimmenden Quellen war zu hören, dass der General und der zivile Chef der Vereinten Nationen sich aufgrund schwerer politischer Meinungsverschiedenheiten spinnefeind waren. Ramos Racelba wollte durchgreifen, der Allmacht der Banden ein Ende bereiten. Sein Gegenüber wollte sich der politischen Richtung bedienen, die die Banden kontrollierte, um seinen Kandidaten an die Macht zu bringen. Laut diesem Funktionär, dem der UN-Apparat in Haiti unterstand, war dies das einzige Mittel, das Land zu befrieden. Dieuswalwe Azémar hatte damals Ärger mit der Generalinspektion gehabt. Sein Freund Pierre Quartier, der Dichter und Journalist, war gekidnappt worden. Er hatte einen Einsatz zu seiner Befreiung geplant. Kommissar Solon, sein Vorgesetzter im Präsidium, hatte ihn nicht abgesegnet, aber versprochen wegzuschauen. Der Einsatz hatte ein schlimmes Ende genommen. Vier Polizisten waren bei dem Feuergefecht mit den Banditen gestorben. In einem Punkt war Dieuswalwe Azémar sich sicher: Er war verraten worden. Ein nur dreihundert Meter weiter weg stationiertes UN-Kontingent aus brasilianischen Soldaten hatte trotz der Hilferufe nicht eingegriffen. Dieuswalwe Azémar war dafür getadelt worden, dass er die Operation ohne Erlaubnis und, schlimmer noch, im Zustand der Trunkenheit durchgeführt hatte. Die Generalinspektion war in ihrem Bericht zu einem eindeutigen Schluss gekommen. Kommissar Solon, der den Machthabern immer nahe gestanden hatte, hatte durch sein Eingreifen verhindert, dass Azémar aus der Polizei ausgestoßen wurde. Er hatte jedoch eine Entziehungskur unternehmen müssen, die erfolglos blieb. Einige Wochen später war er erneut in den grünen Tiefen des *soro* versunken.

»Ich kann nichts für Sie tun, Madame Racelba. Ich habe Ihnen doch gesagt, dass ich krank bin, ich sage es Ihnen nochmal. Wie soll ich wissen, ob Sie echt sind? Ich habe vor meiner Kur eine umfangreiche Dokumentation gelesen. Ich bin auf alles gefasst.«

»Mein Vater hat keinen Selbstmord begangen«, sagte sie mit kalter, unpersönlicher Stimme.

»Was soll ich tun?«, stöhnte der Inspektor. »Haben Sie Hunderte von Kilometern zurückgelegt, um von mir zu verlangen, den Mörder Ihres Vaters aufzuspüren? Mein Gott! Die Ermittler haben auf Selbstmord geschlossen. Und außerdem liegt das alles lange zurück.«

»Ich kannte meinen Vater. Er hätte sich niemals das Leben genommen. Jedenfalls nicht auf diese Weise.«

Der Inspektor stieß einen fast schon entnervten Seufzer aus.

»Haben Sie Ihre eigenen Ermittlungen angestellt, dass sie eine solche Behauptung aufstellen?«

»Ich werd's Ihnen beweisen. Deswegen bin ich hier.«

Erneut öffnete sie ihre Handtasche mit unendlicher Langsamkeit. Er hatte sicher seine Reflexe verloren. Das Gift der Tarantel wirkte möglicherweise immer noch in seinen Adern. Normalerweise hätte er auf der Hut sein müssen. Die Langsamkeit der jungen Frau wich einer unerbittlichen Schnelligkeit. Ihre Hand schoss mit einer kleinen, vernickelten Pistole aus der Tasche hervor. Sie lud sie mit einer Routine durch, die von hervorragendem Training zeugte.

»Keine Bewegung, Inspektor. Ich will mir Zeit lassen.«

II

Die junge Frau gab endlich ihre wahre Natur zu erkennen. Sie war das neue Gesicht der Tarantel, die ihn seit Tagen terrorisierte, die ihr Netz unermüdlich um ihn spann und ihre Falle so gut wie möglich einsetzte, um ihm das Wenige auszusaugen, was ihm an Energie und Bewusstsein blieb. Er war vom Irrsinn nicht allzu weit entfernt. Er kämpfte seinen letzten Kampf, um einen Funken an Klarsichtigkeit zu behalten.

»Was wollen Sie von mir?«

»Sie hinrichten.«

»Warum? Sie kennen mich bis heute nicht, und ich kenne Sie auch nicht.«

»Sie haben meinen Vater ermordet.«

Sein Lachen überraschte ihn selbst. Ein Lachen, von dem die Halluzination Risse bekommen sollte. Ein Lachen, um zu verstehen zu geben, dass er die Machenschaften durchschaut hatte. Der bösartige Taschenspieler könnte ihn mit seinen Tricks nicht mehr in Begeisterung versetzen oder ihm Leid zufügen. Das Lachen kann eine Vorstellung beenden, die solidesten Konstruktionen in Frage stellen. Sein Lachen war ein Schuss grobkörniger Schrot mitten in die Brust, um die Tarantel zu töten. Er stellte sich vor, wie sie auf dem Boden lag, mühsam ihre behaarten Beine bewegte und verzweifelt versuchte, ihren Schlupfwinkel zu erreichen, um dort zu sterben. Die junge Frau war immer noch da und hielt ihre Pistole auf ihn gerichtet. Sie existierte wirklich, begriff der Inspektor, nun noch verschreckter, da er sich in seiner finsteren Alltagswirklichkeit wiederfand. Das tödliche Spiel mit der Spinne wäre ihm fast lieber gewesen.

»Sie sind verrückt! Sie verwechseln mich. Ich bin nie in die Nähe des Generals gekommen.«

Ohne ihn aus den Augen zu lassen, kramte sie aus ihrer Handtasche einen Umschlag hervor und warf ihn dem Inspektor ins Gesicht. Der Umschlag landete auf dem Boden, Fotos fielen heraus.

»Nehmen Sie die Fotos und schauen Sie sie an. Ich warne Sie, versuchen Sie nicht, mich auszutricksen. Es wäre schade, früher Schluss zu machen als vorgesehen.«

»Was ist auf diesen Fotos?«, fragte er.

»Nehmen Sie sie!«, schrie sie mit dem Finger auf dem Abzug.

Er war völlig durcheinander. Zerstört vom *soro*-Entzug. Geschwächt von den Medikamenten, die er nahm. Aber er war in der Lage, die Krise zu erkennen. Sie verlor ihre Kaltblütigkeit. Die Ruhe, die sie bewiesen hatte, wich einer mühsam im Zaum gehaltenen Wut. Sie hatte eine Waffe, und danach zu schließen, wie geschickt sie sie durchgeladen hatte, konnte sie mit ihr auch umgehen. Amanda Racelbas Zorn konnte jedoch auch seine Chance sein, das Heft wieder in die Hand zu bekommen.

»Nehmen Sie die Fotos«, befahl sie erneut, »sonst schieße ich. Eine Kugel in jedes Knie.«

Sie sagte etwas auf Portugiesisch. Er fing nur das Wort »porca« auf. Er bückte sich, hob den Umschlag und die Fotos auf, wobei er jede plötzliche Bewegung, die von seiner Besucherin falsch gedeutet werden konnte, vermied, und erstarrte auf der Stelle zu Stein. Es waren genau sieben Aufnahmen. Ungläubig und aufmerksam betrachtete er die Bilder eines nach dem anderen und begann die Untersuchung wieder von vorn: Trotz allem fand er seinen Spürsinn wieder. All das, so hoffte er, war nur eine weitere Illusion. Die Fotos würden in seinen Händen verdampfen. Vielleicht waren es auch Fälschungen. Auf allen Abzügen war er, Inspektor Dieuswalwe Azémar, zu erkennen. Die Bilder waren nummeriert, damit man die Abfolge nachvollziehen konnte. Der Inspektor im Wohnzimmer einer Hotelsuite. General Racelba im Pyjama, wie er sich ein Glas einschenkte. Der Inspektor, wie er seine Waffe auf die Schläfe des Generals richtete. Der Inspektor, wie er abdrückte. Der Körper des Generals am Boden. Der Inspektor über die Leiche des Generals gebeugt. Eine Kamera hatte alles gefilmt. Er hielt die Ausdrucke ausgewählter Bilder in Händen. Sie waren gestochen scharf. Alles war gefilmt worden wie in einer sorgfältigen Inszenierung. Umsonst suchte er nach Anzeichen einer Fälschung, einem Detail, damit er die Fotos in den Papierkorb werfen konnte, er fand nichts. Es war wirklich er, Dieuswalwe Azémar, wie er jemanden exekutierte. Eine Szene, an die er sich nicht erinnerte.

»Das kann nicht ich sein«, erklärte der Inspektor, »ich habe Ihren Vater nie gesehen.«

»Sie sind es«, sagte Amanda Racelba. »Sie haben meinen Vater getötet. Danach haben Sie es, ich weiß nicht wie, so eingerichtet, dass es nach einem Selbstmord aussah.«

»Diese Fotos sind getürkt«, stöhnte Azémar, »ich schwör's Ihnen. Ich habe Ihren Vater nicht ermordet, welchen Grund hätte ich dazu gehabt?«

Amanda Racelba ließ ein Lachen hören, das wie ein Kichern klang.

»Glauben Sie, Ihre Gründe interessieren mich? In meinen Augen steht nur eines fest: Sie haben meinen Vater ermordet. Das Weitere sehe ich, wenn ich mit Ihnen abgerechnet habe. Diese Arschlöcher von Politikern haben sicher Druck gemacht, um die Selbstmordthese durchzusetzen, aber sie werden ihr Geheimnis nicht mit ins Grab nehmen. Sie mochten meinen Vater nicht, weil er kein Linker war.«

»Warum haben Sie sich in dieser Angelegenheit nicht an die Justiz Ihres Landes gewandt, an Ihre Botschaft in Haiti, wenn sie so sicher sind, dass ich der Mörder Ihres Vaters bin?«

Er wollte Zeit gewinnen. Diese Frau klammerte sich an ihre Gewissheiten. Azémar sah nicht, wie er aus dieser Lage herauskommen sollte.

»Die würden davon nichts wissen wollen. Mein Vater war diesen Politikern immer ein Dorn im Auge. Ich misstraue hier den Vereinten Nationen. Man weiß nicht, wo die Fäulnis sitzt. Deswegen bin ich allein gekommen, Inspektor. Mein Vater verdient Gerechtigkeit. Ich habe mich mit ihm nicht besonders gut verstanden; ich habe nicht alle seine Ansichten geteilt. Aber er war ein guter Mann. Ein ehrlicher Mann. Ich habe ihn geliebt, und Sie haben ihn getötet.«

»Das bin ich nicht auf dem Fotos!«, brüllte Azémar.

Zugleich räumte er insgeheim ein, dass die Fotos keine Fälschungen waren. Allerdings war eine eingehende Untersuchung notwendig, um eine Manipulation, eine Bearbeitung des Bildes zu entdecken. Auch wenn man ein Auge für solche Dinge hatte, konnte man nur nach Anwendung ausgefeilter Methoden sicher sein, dass ein Foto authentisch war. Der Schock, sich auf diesen Bildern zu sehen, hatte die Nebel seines *soro*-Entzugs vertrieben.

»Das reicht«, sagte Amanda Racelba. »Sie haben lange genug gelebt, Inspektor.«

Sie drückte in dem Moment auf den Abzug, als eine riesige Ratte ihre Füße streifte. Der Lauf der Waffe wurde um ein paar Millimeter ausgelenkt. Die Kugel streifte die Schulter des Polizisten. Amanda Racelba schrie auf, als sie die Ratte erblickte. Azémar sprang auf sie zu und bekam ihren Arm zu fassen. Sie feuerte ein zweites Mal. Die Kugel ließ die Birne an der Decke zerspringen. Das Zimmer wurde ins Halbdunkel getaucht. Sie sträubte sich wild, biss den Inspektor in den linken Arm, bis er blutete. Er zwang sie loszulassen, indem er ihr das Handgelenk umdrehte. In seinem Zustand war sie die Stärkere, aber er kämpfte ums Überleben. Ohne Rücksicht versetzte er der jungen Frau einen Schlag gegen den Halsansatz, der sie betäubte, holte aus einer Schublade der Kommode neben dem Bett ein Paar Handschellen und fesselte ihr die Hände auf dem Rücken. Sie lag auf dem Boden. Er hob sie auf, stieß sie zum Bett und zwang sie, sich zu setzen. Sie beschimpfte ihn auf Portugiesisch, ihre geschwollenen Lippen waren blutig. Nie zuvor war der Inspektor so gewalttätig gegen eine Frau gewesen. Es tat ihm in der Seele weh. Sie hatte, ohne mit der Wimper zu zucken, beschlossen, ihn zu töten. Er hatte trotz seinem Zustand die notwendigen physischen Ressourcen gefunden, um aus seiner misslichen Lage herauszukommen. Seine Schulter schmerzte, sein Hemd war blutbefleckt. Er hob die Waffe der Tochter des Generals auf und steckte sie an seinen Gürtel. Es war eine in Brasilien hergestellte Pistole.

»Sie werden für Ihr Verbrechen zahlen!«, zischte sie. »Sie sind ein Mörder.«

Er ohrfeigte sie. Sie sollte schweigen. Er war kein Mörder. Er tötete nur aus einem Grund: Es gab keine Justiz. Die Gesellschaft, in der er lebte, katzbuckelte vor einer Ansammlung von Mördern. Er tötete, um denen, die auf diesem Inseldrittel geblieben waren, eine Chance zu geben, so winzig sie auch sein mochte.

Das Prinzip der Sühne durfte aus dem Gedächtnis der Lebewesen und der Dinge nicht verschwinden. Er erinnerte sich an alle, die er getötet hatte, an all die Male, die er sich zum Richter aufgeworfen hatte, wenn dieses Land die Gesetze wieder einmal mit Füßen getreten und den Schurken alle Wege geebnet hatte, damit sie in aller Ruhe weiterwüteten. Diese Frau tauchte auf dem Höhepunkt seiner Kur in seinem Universum auf, um ihm einen Mord anzuhängen. Die anscheinend authentischen Aufnahmen mussten eine Montage sein. Warum? Um seinen Sturz in den Wahnsinn zu beschleunigen? Ein Komplott von Kommissar Dulourd? Dieser, das war bekannt, verabscheute ihn. Inspektor Azémar konnte sich jedoch nur schwer vorstellen, wie dieser Offizier, den er für intellektuell nicht sehr beschlagen hielt, eine solche Intrige ausheckte. Es gab handfestere Methoden, ihn aus dem Weg zu räumen. Auf dem Präsidium hatte man geschworen, Beweise für die Verwicklung des Inspektors in zehn außergerichtliche Exekutionen vorzulegen.

»Woher haben Sie diese Fotos?«, fragte Azémar.

»Ficken Sie sich ins Knie!«

»Ich finde Sie ziemlich vermessen. Wenn ich wirklich Ihren Vater, einen General, getötet hätte, dann würde ich auch bei Ihnen nicht zögern. Ich frage Sie noch einmal: Woher haben Sie diese Fotos?«

»Dreckstück! Mörder!«

»Ich werde Sie nicht töten. Ich weiß was Besseres.«

Er holte einen Dolch unter dem Bett hervor, fasste das Gesicht der jungen Frau am Kinn und strich ihr mit der flachen Klinge über Wangen und Lippen. Es rief bei ihm eine sexuelle Erregung hervor, die ihm peinlich war.

»Ich bin am Rand des Wahnsinns, meine hübsche Dame«, flüsterte er. »Sie beschuldigen mich, Ihren Vater getötet zu haben, dabei bin ich ihm nie begegnet. Sie rücken hier mit Fotos an. Ich will alles verstehen. Dafür gehe ich bis zum Letzten. Dafür begehe ich sogar das Verbrechen, Ihr schönes Gesicht zu entstellen. Wer hat Ihnen diese Dokumente übergeben?«

Sie trat nach ihm. Er drückte die Schneide gegen ihre Wange. Seine Hand zitterte. Er wollte sie nur erschrecken, er würde seine Drohung nicht wahrmachen. Die Klinge ritzte die Haut der Brasilianerin leicht. Ein Tropfen Blut perlte. Sie zog es vor, den Inspektor nicht weiter zu reizen.

»Diese Dokumente waren im Besitz von Leandro, dem Adjutanten meines Vaters.«

»Wo ist der?«

»Er ist vor einem Monat in einem Militärkrankenhaus in Brasilia gestorben.«

»Woher hatte er die Aufnahmen?«

»Ich weiß es nicht«, schluchzte sie. »Leandro lag wegen Bauchspeicheldrüsenkrebs im Krankenhaus. Er wollte mich sehen. Ich hatte ihn kennengelernt, als ich noch ganz jung war. Seit meiner Abreise zum Studium nach Paris hatte ich ihn nicht mehr gesehen. Er hatte mir mitgeteilt, er wollte mir Enthüllungen über den Tod meines Vaters machen.«

»Was hat er Ihnen gesagt?«

»Ich bin zu spät im Krankenhaus angekommen. Er war schon tot.«

»Und wer hat Ihnen dann die Bilder übergeben?«

»Seine Frau. Leandro hatte darauf bestanden, dass sie sie mir persönlich aushändigt. Es war sein letzter Wille. Im Umschlag war eine Notiz mit der Identität des Mörders: Dieuswalwe Azémar. Da waren auch Informationen über Sie. Ein Auszug aus Ihrer Anhörung vor der Kommission der Generalinspektion, in der Sie versprechen, dem eine Kugel in den Kopf zu jagen, der den Truppen befohlen hat, Ihnen nicht zu Hilfe zu kommen. Ich habe alles gelesen. Ich hasse Sie. Ich werde Sie töten.«

Dieuswalwe Azémar seufzte. Ihm tat etwas weh, wo genau wusste er nicht. Ein nicht zu lokalisierender Schmerz. Ein Schwindel befiel ihn, vermutlich von der Anstrengung, die notwendig gewesen war, um sich aus seiner misslichen Lage zu befreien.

»Hat Leandro sonst nichts gesagt?«

»Nichts.«

»Haben Sie seine Frau nicht befragt?«

»Sie weiß nichts von dieser Geschichte. Sie hat mir nur den Umschlag übergeben. Ihr Mann hätte mir noch mehr zu sagen gehabt, hat sie mir versichert. Ich bin zu spät gekommen.«

»Und Sie sind allein nach Haiti gekommen, um mich zu töten? Ohne irgendeine Begleitung? Angenommen, ich hätte Ihren Vater umgebracht, glauben Sie, ich hätte ohne Auftraggeber gehandelt? Bei einem General!«

Sie sträubte sich.

»Warum fragen Sie mich das alles? Sie haben meinen Vater getötet, das ist das Einzige, worauf es mir ankommt. Ich werde Ihnen nicht mehr Rede und Antwort stehen.«

»Ich habe Ihren Vater nicht getötet«, sagte Azémar mit Nachdruck. »Sie sind wirklich durchgedreht.«

»Ist das dann Ihr Zwillingsbruder oder Ihr Gespenst?«

Damit traf sie den Nagel auf den Kopf. Und wenn er es war? Wenn seine Kur ganze Areale seines Gedächtnisses angegriffen hatte? Er tauchte in Tunnels seiner Vergangenheit ein, versuchte dunkle Zonen aufzuspüren, Zonen des Vergessens, gelöschte Zonen. Sein Gedächtnis war voller Löcher, aber ein Gedächtnis ist nie intakt. Es ist immer im Bau, Dinge werden hinzugefügt, Tatsachen gelöscht, in den Papierkorb geworfen.

»Ich habe ihn nicht getötet«, wiederholte er, um sich selbst zu überzeugen. »Ich bin ihm nie begegnet. Ich hatte keinen Grund, ihn zu töten.«

Kalter Schweiß rann ihm über den Nacken. Er konnte sich tatsächlich an keine Begegnung mit dem General erinnern. Aber die Gründe, ihn zu töten? Die Brasilianer hatten sich geweigert, ihm zu Hilfe zu kommen, als seine Männer von den Banditen beschossen wurden. Hätten sie eingegriffen, wären seine Männer nicht gestorben. Er hatte anschließend, vor der Untersuchungskommission, keinen Hehl aus seinem Groll gegen das Kommando der Stabilisierungsmission der Vereinten Nationen in Haiti, der MINUSTAH, gemacht, hatte die Brasilianer als Komplizen der Kidnapper bezeichnet. »Hätte ich die Macht dazu, würde ich dem, der dem Kontingent vor Ort befohlen hat, nicht einzugreifen und zuzulassen, dass die Banditen uns massakrieren, eine Kugel in den Kopf jagen.« Kommissar Solon hatte sich ins Mittel gelegt und ihn wieder beruhigt. Danach war in seinem Gedächtnis alles dunkel.

»Sie sind ein schlechter Lügner«, schrie Amanda Racelba. »Sie sind erbärmlich. Ich brauche Sie gar nicht zu töten.«

Was sollte er mit ihr machen? Er konnte sie nicht hierbehalten. Sie freilassen? Dann würde sie erneut versuchen, ihn umzubringen. Sie von seiner Unschuld überzeugen? Er hörte das Zuschlagen einer Autotür. Ein Militärjeep. Er hatte gelernt, die leisesten Geräusche zu identifizieren. Die von der Kur malträtierten Sinne funktionierten noch. Er ging an das Fenster zur Straße. Männer in Kampfanzügen mit Sturmhauben deuteten, die Waffe in der Hand, mit dem Finger auf seine Wohnung.

»Scheiße«, fluchte der Inspektor.

Er griff sich eine Flasche des Medikaments und seine Dienstmarke vom Nachttisch. Seine Waffe war beschlagnahmt worden, aber seinen Dienstausweis hatte man ihm gelassen. Er erwog kurz, mit Amanda Racelba zu fliehen. Das wäre ein Fehler. Die Männer, die da kamen, hatten es sicher auf ihn abgesehen. Es wurde heftig an die Tür geklopft. Der Inspektor hörte, wie der Verschluss eines Karabiners vorglitt. Die Detonation sprengte das Schloss in Stücke. Die Männer, die ins Zimmer stürmten, sahen nur die junge Frau in Handschellen auf dem Bett. Einer von ihnen nahm die Sturmhaube ab. Ein Mann in den Vierzigern. Ein Schmiss auf der Stirn, Signatur einer Messerklinge.

»Er ist hier hinaus«, rief Amanda Racelba und zeigte auf den Durchgang hinten im Zimmer.

Der Mann mit dem Schmiss gab seinen Gefährten einen kurzen Befehl.

»Er hat meinen Vater getötet«, stöhnte die junge Frau. »Er hat meinen Vater getötet.«

»Das sind alte Geschichten«, sagte der Mann mit dem Schmiss.

Er richtete den Lauf seiner Waffe auf die Stirn der jungen Frau.

III

Der Inspektor hörte den Schuss. Seine Verfolger bewegten sich lautlos vorwärts. Anscheinend trugen sie Stiefel mit geräuschdämpfenden Sohlen. Was hatte das alles zu bedeuten? Erlebte er eine Geschichte wie bei Philip K. Dick, einem seiner Lieblingsschriftsteller? Würde er in seinem Bett aufwachen und die gute Madame Excès sich über ihn beugen und ihm seine Medikamente reichen? Würde sie ihn dabei daran erinnern, wie wichtig es war, dass er zu Mireyas Wohl den Entzug schaffte, und ihm empfehlen, Jesus um Beistand in seinem Kampf zu bitten, denn der Alkohol, vor allem der *soro*, sei reines Teufelszeug? Da er nicht wissen konnte, ob das, was er erlebte, die Wirklichkeit war, war er gezwungen, seine Entscheidungen anhand der Informationen zu treffen, die ihm seine Sinne übermittelten. Seine Sinne konnten ihn täuschen. Er konnte sich nur auf seinen Verstand verlassen, auch wenn der momentan Ausfälle hatte. Es war eine schwierige Übung in einem verschwommenen, ungewissen, feindseligen Raum.

Er rannte eine steile Treppe hinunter, rempelte dabei Leute an und bekam derbe Beschimpfungen zu hören. Er hätte eine Stufe verfehlen und sich unten auf dem Absatz die Wirbel brechen können. Den Grundriss des Gebäudes hatte er eingeprägt in seinem Gedächtnis bewahrt. Er sprang auf das Blechdach eines Häuschens, wobei er den illegal verlegten Stromleitungen und den zusammengebastelten Fernsehantennen ausweichen musste. Seine lauten Schritte ließen innen Schreie ertönen. Er hörte die Stimmen seiner Verfolger. Man hatte ihn entdeckt. Ein Feuerstoß zerriss die Dunkelheit. Er drückte sich an eine Wand und ließ sich an einer Dachrinne herunter, wobei ihm seine extreme Magerkeit zustattenkam, denn sonst hätte sie sein Gewicht nicht ausgehalten. Er landete in einer Gasse, in der eine Menschentraube um eine Händlerin herumstand, die frittiertes Essen verkaufte. Etwas weiter spielten junge Leute Basketball auf einem erhöhten Spielfeld, das man auf einem winzigen Platz eingerichtet hatte. Der

Inspektor bemerkte ein Motorradtaxi. Er sprang auf und drückte dem Fahrer den Lauf seiner Waffe gegen die Schläfe: »Polizei! Fahr los! Schnell!« Der Fahrer war darauf gefasst, in dieser Hauptstadt, in der die Gewalt an jeder Straßenecke schlummerte, eines Tages in eine solche Situation zu geraten. Motorradtaxifahren in den Straßen von Port-au-Prince war ein riskanter Beruf. In den Händen der Banditen oder der Polizisten, die Grenze war mitunter fließend, musste man sich klein machen, kollaborieren, das Gewitter vorbeiziehen lassen, zeigen, dass man bereit war, alles zu vergessen, und dann für einige Zeit verschwinden, falls der Betreffende bereute, einen am Leben gelassen zu haben. Das war auch ein furchtbarer Verdienstausfall, ein Abstecher in die Hungergefielde. »Wohin wollen Sie?«, fragte er Dieuswalwe Azémar. »Fahr. Bieg in jeder Straße erst rechts, dann links ab …« Er hatte wieder mal ein Glück! Der Mann wurde von der Polizei gesucht. Einige Minuten zuvor hatte er einen Jeep mit Soldaten im Kampfanzug und mit Kopfhauben vorbeifahren sehen. Es würde etwas passieren. Der Fahrgast hinter ihm war kein einfacher Bandit, sonst hätte man keinen solchen Aufwand getrieben. Wurde er zusammen mit ihm abgefangen, wäre er in Lebensgefahr. Er gab Vollgas und schlängelte sich durch die dunklen Gassen, wobei er die Stellen mied, an denen die Polizei Kontrollen und Durchsuchungen vornahm. Sie postierten sich immer an denselben Orten, als hätten sie mit den Schurken einen Pakt geschlossen. Nur ein Dummkopf oder ein Säufer würde sich an diesen Kontrollpunkten erwischen lassen. »Wir haben sie abgehängt«, sagte der Motorradfahrer nach zehn Minuten wilder Fahrt. »Lass mich gehen. Ich habe Sie nicht einmal gesehen, Sie haben keinen Grund, mir etwas anzutun. Ich habe eine Frau und fünf Kinder.«

»Schnauze!«, bellte der Inspektor. »Fahr!«

Er hatte Kopfschmerzen. Seine Schulter tat weh. Ihm war schwindelig. Er hatte eine schwere Zunge, sein Mund brannte. Er hatte Durst. Einen Raubtierdurst. Er hätte alles und jedes getrunken. Eintauchen in ein Meer aus *soro*! In seine grüne Bitterkeit. Eine solche Folter wünschte er nicht einmal Kommissar Dulourd, dem Menschen auf der Welt, den er im Moment am meisten hasste. Er war für seinen Zustand verantwortlich. Er hatte diese Kur gefordert! Der Alkohol hatte seine Leistungen als Polizist niemals beeinträchtigt. Im Gegenteil! Dulourd wünschte sein Verderben. Der Kommissar zündete Kerzen an, damit die Generalinspektion der Polizei ihn endgültig für dienstunfähig befand. Und selbst, wenn seine Kur ein Erfolg war, würde die Polizei ihn nicht mehr wollen. Er war für zu viele Leute eine Bedrohung. Er war das Beispiel, das man nicht befolgen durfte, auch wenn öffentlich die Vorzüge der Ehrlichkeit gepriesen wurden. Eines Tages würde man endlich ein Mittel finden, ihn kaltzustellen. Tugendhafte Menschen musste man diskreditieren, sie als Heuchler hinstellen, als eine andere, für die Gesellschaft noch gefährlichere Art von Verrückten. Schurken, die sich ohne falsche Scham zur Schau stellten, waren ein geringeres Übel. Die Jünger von Marasa, dem Hexer, klopften noch immer an alle Türen, um ihn zu kriegen. Ein Haitianer, noch dazu ein Polizist, erschießt einen Hexer, der gerade in Ausübung seines Amtes den Bürgern das Geld aus der Tasche zieht, das geht zu weit. Das ist ein Angriff auf die Grundfesten der Gesellschaft. Und jetzt kam diese Frau, diese Brasilianerin, mit Fotos zu ihm, auf denen er, Inspektor Dieuswalwe Azémar zu sehen war, wie er einen General der Vereinten Nationen erschoss. Er zermarterte sich das Gehirn auf der Suche nach einer Erinnerung. Noch immer konnte er sich keiner solchen Tat entsinnen. Dass man sich an etwas nicht erinnert, heißt jedoch nicht, dass es nicht stattgefunden hat. Sein Gehirn funktionierte mit *soro*, ob gepanscht oder nicht. Er musste jedenfalls mit dem Alkohol aufhören. Für sich. Für Mireya. Aber ohne Alkohol, ohne *soro*, das war eine andere Hölle. Ein Ort des Leids. Ein Ort, an dem höchst reale Spinnen ihr Netz webten, um einen zu fangen und mit ihren Klauen auszuhöhlen, bevor sie einem die Eingeweide herausrissen und sie verschlangen. Ein Ort ohne Ausweg. Ein von den Göttern verlassener Ort. Ein Ort, dem sich die Engel nicht zu nähern wagten, um den Menschen Rat oder Hilfe zu bringen.

»Halt an und gib mir dein Telefon.«

Der Motorradfahrer steuerte auf eine dunkle Zone in der Nähe eines auf dem Bürgersteig geparkten Jeeps zu. Sie waren in einem schicken Viertel in den Hügeln, die das Stadtzentrum von Port-au-Prince überragten. Die Luft war kühl. Hier gab es keine öffentlichen Märkte und kleinen Läden. Dieser Ort war noch sicher vor der Invasion der Leute vom Land. Der Fahrer reichte dem Inspektor den Apparat. Dieser wollte zunächst Madame Baptiste anrufen. Eine schlechte Idee! Dort würde man ihn zuerst suchen. Und wie sollte er bei seiner Lieblingslieferantin den Lockungen des *soro* widerstehen? Er wählte eine andere Nummer. Die von seinem Freund Michel Geham, dem Informatiker. Michel hatte ihm bei mehreren heiklen Ermittlungen geholfen. Er arbeitete, ohne dass seine Dienststelle davon wusste, an einer Datenbank. Die Polizei würde sie benutzen, so sagte er, wenn das Land den geraden Weg einschlug. Dieuswalwe Azémar hörte einen *konpa*-Sänger*, Kandidat für das Präsidentenamt, auf sehr persönliche Weise um seine Stimme werben, indem er versprach, in naher Zukunft, wenn er mit Azémars Unterstützung zum ersten Vertreter der Nation geworden wäre, mit den Praktiken zu brechen, die das Land ins Chaos gestürzt hatten. Der Inspektor betrachtete das Telefon und schüttelte den Kopf, um die gehörte Stimme zu verscheuchen. Er hatte es ganz vergessen, es war ja mitten im Wahlkampf. Dieser Sänger, der so um seine Stimme warb, weil er sich die Dienste der mächtigsten Telefongesellschaft des Landes leisten konnte, setzte seinen Halluzinationen die Krone auf. Er musste das Ende der Wahldurchsage abwarten. Endlich wurde sein Anruf durchgestellt. Die wie verschlafen wirkende Stimme seines Freundes tat ihm unendlich wohl.

»Hallo!«

»Michel! Hier ist Dieuswalwe.«

Am Ende der Leitung herrschte Stille.

»Dieuswalwe! Ich habe schon seit Monaten nichts von dir gehört. Wie geht's dir? Die Generalinspektion hat dich auf Entzug gesetzt, wie ich erfahren habe. Das muss nicht einfach sein.«

»Ich muss dich sehen, Michel. Ich glaube, diesmal sitze ich richtig in der Tinte. Bist du allein?«

»Ich wusste es, Dieuswalwe, dass du dich beim ersten Problem an mich erinnern würdest. Dafür hat man Freunde. Du hast aber doch ein verdammtes Glück, ich hab gerade Miguel rausgeschmissen.

Einen so süßen Jungen wie ihn gibt's nicht. Er hat mich belogen. Er geht mit einem anderen Mann.«

»Kann ich zu dir kommen?«, beharrte der Inspektor.

»Natürlich, Dieuswalwe. Die Freundschaft ist mir heilig.«

Azémar beendete das Gespräch und gab dem Motorradfahrer eine in der Nähe gelegene Adresse an. Die meisten Motorradtaxifahrer dienten der Polizei als Informanten. Das Viertel, in dem Michel wohnte, war nicht allzu weit. Der Polizist ließ sich einen Block davor absetzen. Er stieg ab, richtete seine Waffe auf den Fahrer und bedeutete ihm, er sollte wegfahren. Dieser ließ sich nicht lange bitten. Als das Motorrad im Dunkeln verschwand, ging er auf den Komplex zu, in dem sein Freund wohnte. Seine Schulter schmerzte immer mehr. Die Kugel hatte das Fleisch verletzt, die Wunde drohte sich zu entzünden.

Vor dem Eingang stand kein Sicherheitsmann, es gab nur eine Gegensprechanlage, um mit einem Wächter innen Kontakt aufzunehmen. Er klingelte und verlangte, mit Michel Geham zu sprechen. Man ließ ihn einige Sekunden warten. Sein Freund nahm den Anruf an und vergewisserte sich, dass er es wirklich war, dann betätigte er den Öffner für das Metalltor. Michel empfing ihn in einem Bademantel mit farbenfrohen Motiven: Papageien in den Bäumen eines Tropenwaldes.

»Bist du ins Grüne gegangen?«, fragte Azémar bei seinem Anblick ironisch.

»Und du bist in einem erbärmlichen Zustand«, bemerkte Michel. »Deiner Visage sieht man den Alkoholiker auf Entzug wirklich an.«

»Und dir den *masisi**, der gerade von seinem Mann verlassen wurde.«

»Ich war bereit, ihm mein Herz zu schenken«, schluchzte Michel fast.

»Wohl eher deinen Arsch«, sagte der Inspektor.

»Den hat er sich schon genommen, das ärgert mich noch mehr.«

Azémar hielt es für besser, ihn zu trösten.

»Na komm, Michel ... Niemand ist vor einem Verrat gefeit ... Du wirst schon jemanden finden ... Mach dir nichts draus.«

»Du bist ein echter Freund, Dieuswalwe. Schade, dass du nicht von meiner Sorte bist. Du gehörst zu einer aussterbenden Art; du stehst nur auf Frauen. Was kann ich für dich tun?«

Azémar ließ sich in den nächsten Sessel fallen. Der Fernseher im Wohnzimmer lief. Der Moderator sprach noch von der Entführung des jungen Johnny Harras. Man hatte eine interessante Spur. Der Polizeisprecher erschien im Bild und bekräftigte die Worte des Moderators. Ihm zufolge war schon in den nächsten Stunden mit der Aufklärung des Falles zu rechnen. Der intensiv gesuchte Bandenchef Raskolnikow, der der Tat verdächtigt wurde, war der Polizei knapp entkommen. Außer seinen engsten Getreuen kannte niemand das Gesicht des Gangsterbosses, der ganze Viertel terrorisierte. Er zeigte sich nur vermummt wie Subcomandante Marcos. Der Inspektor war angewidert. Wenn jemand aus einer großen Familie gekidnappt wurde, wurde alles in Bewegung gesetzt. Ein gewöhnlicher Bürger, dessen Name nicht auf hohe soziale Herkunft hindeutete, konnte sich nur auf Gott und ihn, Dieuswalwe Azémar, verlassen. Darum hatte er alles getan, um seinen Freund Pierre Quartier zu befreien.

»Raskolnikow! Schon ein komischer Name für einen Bandenchef. Er muss gebildet sein.«

»Hier sucht man sich seine Vornamen von überallher zusammen«, gab Azémar zu bedenken.

Er wollte nicht, dass Michel seinen Gedankengang fortsetzte.

»Bei uns gibt es Leute, die Malenkow, Chruschtschow, Goebbels oder Himmler heißen.«

»Das stimmt«, seufzte Michel. »Aber wenn ich diesen Namen höre, denke ich zwangsläufig an ihn.«

Das Gesicht des Inspektors verkrampfte sich. Michel ging nicht weiter. Er hatte sich angeschickt, von Pierre Quartier, dem begabten Dichter, zu sprechen. Dieuswalwe bewunderte ihn. Pierre Quartier war ein begeisterter Leser Dostojewskis gewesen. Michel war einmal Zeuge einer hitzigen Debatte zwischen seinem Freund und dem Dichter über die metaphysischen Beweggründe Raskolnikows, der Hauptfigur des Romans *Schuld und Sühne*, geworden.

»Ich brauche ein Glas Wasser, um mein Medikament zu nehmen«, sagte Azémar trocken.

Michel ließ ihn einen Moment allein. Azémar nahm den Umschlag. Er rückte ihn an eine Schreibtischlampe heran, um die Bilder zu untersuchen. Scheißdreck! Das war eindeutig er, daran bestand kein Zweifel. Er hielt dem General die Waffe an die Schläfe und, schlimmer noch, es war sein vorschriftsmäßiger Smith & Wesson. Das ergab keinen Sinn. Er drückte auf den Abzug. Er beugte sich über den auf dem Sofa zusammengesunkenen Körper. Alles war mit einer hochauflösenden, sicherlich versteckten Kamera gefilmt worden. Wer hatte diesen Film in Händen gehabt? Wenn er der Schuldige war, warum hatte man dann diesen Beweis nicht benutzt, um ihn des Mordes anzuklagen? Wer hatte die Abzüge gedruckt, die er von Amanda Racelba bekommen hatte? Wenn er nicht der Mörder des Generals war, wer war dann auf den Bildern zu sehen? Ein Klon? Ein Zwillingsbruder? Ein Zombie? Er war nie einem brasilianischen General begegnet und hatte keinen exekutiert. Wenn all das eine Montage war, was bezweckte man dann damit? Was wollte man von ihm? Amanda Racelba hatte ihm kein Theater vorgespielt. Überzeugt, dass er ihren Vater ermordet hatte, war sie entschlossen gewesen, ihn zu töten. Zu viele unbeantwortete Fragen drängten sich in seinem Kopf. Michel kam mit dem Glas Wasser zurück. Der Inspektor schluckte die Medikamente.

»Ich habe eine Verletzung an der Schulter. Hast du etwas zum Reinigen und Desinfizieren?«

»Komm«, sagte Michel. »Ich habe alles im Badezimmer.«

Er führte ihn zur Toilette und holte ein Erste-Hilfe-Set aus einem Metallwandschrank.

»Da drin findest du alles, auch Schmerzmittel. Ich lasse dich allein, ich kann kein Blut sehen. Ich mache einen Kaffee. Lass dir Zeit. Du erzählst mir dann alles, wenn du den Kopf frei hast.«

Dieuswalwe Azémar zog sein Hemd aus, um seine Schulter im Spiegel zu betrachten. Eine leichte Verletzung, aber wenn sie nicht richtig behandelt wurde, würde sie nur langsam heilen. Er wusch die Schulter mit Wasserstoffperoxid, betupfte sie mit Alkohol, trug antiseptisches Puder und Jodtinktur auf und verband die Wunde. Wegen der Medikamente, die er bereits für seine Kur genommen hatte, verzichtete er auf Schmerzmittel. Michel musste ein anderes Hemd für ihn auftreiben, das würde ihm nicht schwerfallen. Sie hatten dieselbe Statur. Er betrachtete sich im Spiegel. Er hatte noch weiter abgenommen, so dass er aussah wie eine Mumie, die man aus ihrem Sarkophag geholt und von ihren Binden befreit hatte. Seine Augen lagen tief in den Höhlen. Sein Schielen war in einem so knochigen Gesicht schlichtweg zum Fürchten. Er hätte gut in ein Horror-B-Movie gepasst. »Eine Kur, um mich wieder zum Leben zu erwecken, und die Pforten des Friedhofs stehen mir weit offen«, dachte er. Er setzte seine Überlegung nicht fort. Ein Psychologe der Generalinspektion hatte ihn gewarnt: Alkoholiker bewiesen oft intellektuelle Gerissenheit, um ihr Laster zu rechtfertigen und wieder mit dem Trinken anzufangen.

Als er ins Wohnzimmer zurückkehrte, fühlte er sich etwas besser. Michel brachte ihm den Kaffee. Er trank ihn stark, ohne Zucker.

»Und Dieuswalwe, erzählst du's mir? Du machst mir Sorgen mit deiner Verletzung und deinem Gesicht wie eine Leiche auf Urlaub. Du denkst an deine Freunde nur, wenn's für dich brenzlig wird.«

Dieuswalwe Azémar reichte ihm ohne zu antworten die Bilder. Michel setzte eilig seine Brille auf, um sie zu untersuchen. Er legte sie auf den Schreibtisch und kramte aus einer Schublade eine Lupe hervor. Er beugte sich noch aufmerksamer über die Fotos.

»Das bist du«, sagte er.

»Als ob ich das nicht wüsste«, knurrte der Inspektor.

»Die Bilder sind nicht manipuliert, dafür lege ich meine Hand ins Feuer. Ich lasse trotzdem ein Programm drüberlaufen. Dieser Software entgeht nichts. Mithilfe der Informatik kann man heute wahre Wunder vollbringen, in beide Richtungen. Ich erkenne den Mann, den du da erschießt. Das ist General Ramos Racelba, der ehemalige Kommandant der Vereinten Nationen in Haiti. Die Untersuchung ist damals zu dem Schluss gekommen, dass es Selbstmord war.«

»Das weiß ich alles«, erinnerte ihn Azémar.

»Also erklär mir.«

Der Inspektor erzählte Michel alles. Von Amanda Racelbas Ankunft bis zum Eindringen der vermummten Männer in Kampfanzügen in seine Wohnung und seiner Flucht durch einen für solche Fälle seit langem vorgesehenen Notausgang.

»Diese Männer haben die Frau umgebracht«, sagte Azémar.

»Wie kannst du da so sicher sein?«, fragte Michel. »Sie steckte vielleicht mit ihnen unter einer Decke.«

»Nein«, sagte Azémar und schüttelte den Kopf. »Ich habe den Schuss gehört. Das war kein Schuss in meine Richtung. Es wurde innen, in der Wohnung geschossen.«

»Weißt du, was das bedeutet?«, fragte Michel ihn.

Azémar stellte die leere Tasse auf einem Hocker ab. Der starke, ungezuckerte Kaffee hatte sein Verlangen nach *soro* noch verstärkt.

»Sie werden mir den Mord anhängen. Eine Frau wurde bei mir getötet. In meinem Zustand kann nichts mich entschuldigen. Die gesamte Maschinerie ist gegen mich. Ein guter Anwalt könnte wenigstens plädieren, dass ich unzurechnungsfähig sei, dass ich durch die brutale Kur den Verstand verloren hätte.«

»Außerdem hat sie zweimal in deinem Schlafzimmer geschossen, wie du gerade gesagt hast. Es wird heißen, sie habe sich gegen dich verteidigt. Das ist schlecht, Dieuswalwe. Du bist geliefert.«

»Willst du damit sagen, dass ich mich stellen soll?«, fragte Azémar mit einem gezwungenen Lächeln.

»Was willst du tun? Fliehen?«

Azémar sah seinen Freund empört an.

»Fliehen? Ich? Niemals! Ich würde Mireya nie allein lassen.«

»Da hat man dich ja in eine üble Sache reingezogen«, stöhnte Michel. »Ich vertraue dir aber. Wenn du sagst, dass du den General nicht getötet hast, dann glaube ich dir. Aber wir müssen diese Geschichte aufklären.«

»Lass mich überlegen.«

»Ich untersuche die Aufnahmen noch einmal«, sagte Michel. »Da muss etwas rauszuholen sein. Dieser Soldat hat nicht ohne Grund auf seinem Totenbett die Bilder an die Tochter des Generals übergeben.«

*

Der Militärjeep überholte plötzlich den Range Rover von Kommissar Dulourd und zwang ihn, nach rechts zu ziehen. Dulourd bremste scharf, um einen Unfall zu vermeiden. Gleichzeitig hielt ein anderes Fahrzeug, ebenfalls ein Jeep mit aufgeblendeten Scheinwerfern Stoßstange an Stoßstange hinter dem Range Rover, so dass er manövrierunfähig war. Ein Attentat!, dachte der Kommissar. Ein Entführungsversuch! Er war oft im Geiste durchgegangen, was er in diesem Fall tun musste. Drei seiner Kollegen waren unter ähnlichen Bedingungen attackiert und einer brutal ermordet worden. Am Steuer klemmte er sich seine durchgeladene Pistole immer zwischen die Beine. Sein Überleben hing davon ab, wie schnell er reagierte, denn oft waren die Angreifer auf sofortige Gegenwehr nicht gefasst. Dulourd erkannte die Fahrzeuge der MINUSTAH. Brasilianisches Militär! Jemand klopfte heftig an die rechte Tür. Auf der anderen Seite ging ein Soldat in Position, das Sturmgewehr auf ihn gerichtet. Dulourd zog es vor, die Waffe zwischen seinen Beinen zu vergessen. Er entriegelte die Türen. Ein Offizier, ein Hauptmann mit einem Schmiss auf der Stirn, öffnete die Tür, setzte sich neben ihn und drückte ihm brutal den Lauf seiner Pistole an die Schläfe. Zwei andere Soldaten, ebenfalls bewaffnet, stiegen hinten ein.

»Wir haben mit Ihnen zu reden«, sagte der Hauptmann.

Kommissar Dulourd bekam das Zittern seiner Hände nicht in Griff. Er hatte Hauptmann Nelson Arantes erkannt, ein wichtiges Mitglied eines mächtigen Netzwerks von Drogenhändlern und Schmugglern, das seit einigen Monaten im Land aktiv war. Es bestand aus ausländischen Militärs ebenso wie aus Bandenführern und Leuten in einflussreichen Positionen, etwa hohen Beamten, Politikern und Geschäftsleuten. Die Polizei verfolgte das Tun dieser Mafia, ohne eingreifen zu können. Man hatte sich mehrmals über die Korruption in der Polizei verbreitet, empörte sich Dulourd. Aber oft wurden hohe Polizeibeamte zurückgepfiffen, aus dem Dienst entlassen oder sogar ermordet, wenn sie sich an den falschen Ort begeben hatten. Eine einzige Person hätte das Netzwerk fast hochgehen lassen: ein brasilianischer General,

Kommandant des militärischen Anteils der UN-Mission. Der Offizier war tot in seinem Hotelzimmer aufgefunden worden. Er hatte sich das Leben genommen. Ein Suizid, der für viele Leute wie gerufen kam.

»Wir möchten Inspektor Azémar sprechen«, sagte Nelson Arantes. »Wo ist er?«

»Seltsame Art, einen Polizeiinspektor sprechen zu wollen«, sagte Dulourd. »Wenn Sie ihn treffen wollen, brauchen Sie sich nicht an mich zu wenden.«

»Wir erreichen ihn nicht.«

Dulourd sah ihn zweifelnd an.

»Er ist aber zu Hause. Krank. Auf Entziehungskur. Er ist anerkannter Alkoholiker.«

Nelson Arantes drückte den Lauf seiner Waffe stärker an die Schläfe des Polizisten. Dulourd verzog vor Schmerz das Gesicht.

»Ich will nicht um den heißen Brei reden, Kommissar. Eine Landsmännin wurde bei Inspektor Azémar tot aufgefunden. Sie konnte noch per Telefon um Hilfe rufen, während Ihr Mann sie gefoltert hat. Wir sind zu spät gekommen. Sie verstehen also, dass wir Inspektor Azémar zu fassen bekommen müssen. Wo ist er?«

»Wenn er in seinem Zustand nicht zu Hause ist, dann habe ich absolut keine Ahnung, wo man ihn erreichen kann«, sagte Kommissar Dulourd. »Der Inspektor ist ein ganz eigenartiger Mensch. Treibt sich immer an wenig empfehlenswerten Orten herum.«

»Wir haben's eilig, Kommissar. Sehr eilig.«

Er hatte den Finger auf dem Abzug. Würde er es wagen, auf einen Kommissar der Police nationale zu schießen?, fragte sich Dulourd besorgt. Es gab Grenzen, die man nicht überschritt, auch nicht in einem besetzten Land. Die Männer wirkten unruhig, nervös. Sie hatten Angst. Gefährlich!

»Wer ist die Person, die bei Azémar getötet wurde?«, fragte Dulourd.

»Wo ist Azémar?«, brüllte Nelson Arantes.

Wenn der Inspektor flüchtig war, dann würde er seine Gewohnheiten ändern. Er würde nicht zu seiner Tochter gehen. Diese hatte die Wohnung zu Beginn der Entziehungskur verlassen. Azémar würde auch nicht die üblichen Orte seiner Trinkgelage aufsuchen. Er würde bei einer vertrauenswürdigen Person Unterschlupf suchen, die ihm helfen könnte. Jemand, an den man nicht dachte. Er hatte Inspektor Azémars Dossier ausgiebig genug studiert, um zu wissen, wo er suchen musste.

»Ich glaube, ich weiß, wo er ist«, sagte Dulourd.

»Wo?«

»Sie gehen mit einem Kommando aus meinem Kommissariat dorthin«, verlangte Dulourd. »Inspektor Dieuswalwe Azémar gehört zu meiner Dienststelle. Wenn er auf haitianischem Gebiet ein Verbrechen begangen hat, dann geht das in erster Linie die haitianische Polizei an.«

»Sie haben uns nichts zu befehlen«, knurrte Nelson Arantes. »Ohne uns sind sie nichts. Und außerdem hat er eine brasilianische Staatsbürgerin ermordet.«

»Ich lasse Ihnen keine Wahl«, sagte Dulourd mit fester Stimme. Er hatte seine Selbstsicherheit zurückgewonnen.

»Wenn wir den Inspektor heute Nacht nicht finden, dann entkommt er uns. Ich kann mir gut denken, dass Ihnen das nicht gefallen würde.«

Wenn diesen Brasilianern gar so viel daran lag, Azémar zu fassen zu bekommen, dann hieß das, dass er zu einer Gefahr für diese schwarzen Schafe der MINUSTAH geworden war. Aus welchem Grund? In welches Wespennest hatte er gestochen? Wer war diese Person, die in seiner Wohnung umgekommen war? Der Kommissar hörte den heiseren Atem des Hauptmanns. Das war ein brutales Monstrum. Seine Leidenschaft war das Messerwerfen, er galt darin als Experte. Er konnte auf mehrere Meter Entfernung eine Fliege treffen. Bei bestimmten Razzien in sogenannten rechtsfreien Vierteln hatte er sich einen Spaß daraus gemacht, mit seinen Messern mehrere Lebensfäden abzuschneiden. Nelson Arantes kapitulierte.

»Dann geben Sie uns eben ein Kommando mit. Aber ich warne Sie, Azémar gehört uns. Er hat kaltblütig eine Landsmännin von uns ermordet. Er ist bewaffnet. Wenn er Widerstand leistet, dann machen wir kein Federlesens.«

Dulourd verstand. Es ging nicht darum, Azémar festzunehmen, sondern ihn hinzurichten. Anschließend ließe sich die

Sache leicht vertuschen. Der Kommissar verspürte wenig Sympathie für den Inspektor, aber wenn Azémar diesen Leuten in die Hände fiel, dann würde die Polizei nicht herausbekommen, was hinter der Geschichte steckte. Im Moment war nur der Inspektor mit seinem Können in der Lage, ihm aus dieser misslichen Lage herauszuhelfen.

»Sie bleiben unter der Bewachung meiner Männer«, beschloss Nelson Arantes. »Für den Fall, dass es Ihnen einfallen sollte, Ihren Inspektor zu warnen.«

IV

Der Sessel unter ihm war ein Wrack, das in der Dünung schaukelte. Das Verlangen nach Alkohol ließ seine Sinne abdriften. Er dachte an Mireya. Für sie überlebte er. Ans Leben dachte er nicht mehr. Leben war etwas für die anderen. Für die, die in anderen Gefilden geboren waren. Die das Schiff verlassen hatten. Man entfloh oder man überlebte. Mitten in seiner Kur hatte er schon vorher vor einem Dilemma gestanden, schon vor dem Auftauchen dieser Frau und ihren schneidenden Worten »Sie haben meinen Vater ermordet.« Zum *soro* zurückzukehren hieße, seine Entlassung und seine Arbeitslosigkeit zu akzeptieren und seinen Niedergang beschleunigt, mit seiner Tochter als Zeugin, fortzusetzen. Seine Feinde würden es nach Herzenslust ausnutzen. Seine Kur fortzusetzen wiederum bedeutete möglicherweise, sich im Wahnsinn einzumauern. Seine Halluzinationen gingen weiter als die normalen Sinnesstörungen während einer Kur. In ihnen nahmen seine Fragen Gestalt an, seine Zweifel und die schweren Schuldgefühle, die er mit sich herumtrug, weil er mehrfach eigenhändig Gerechtigkeit geübt hatte. Er glaubte, sich mit dem Schauspiel der oft korrupten Polizei und der Justiz im Sold vermögender Schurken in Anzug an Krawatte eine Zitadelle aus Gewissheiten errichtet zu haben. Die Grundsätze, die seine Eltern ihm eingeimpft hatten, klopften jedoch an die Mauern der Festung, und ihre regelmäßigen, hartnäckigen Schläge ließen Risse, winzige Haarrisse entstehen, die zu beeindruckenden Spalten werden konnten.

»Sie haben meinen Vater ermordet.« Die Stimme der jungen Frau hallte in seinem Kopf wieder. Er nahm den Schmerz, das Leid, die Verwirrung in der Stimme wahr, jene furchteinflößende, absurde Hilflosigkeit, die man empfindet, wenn man ein geliebtes Wesen endgültig verliert. Sie konnte ihn, Dieuswalwe Azémar, nur hassen. Sie hatte Hunderte von Kilometern zurückgelegt, ihren Coup sorgfältig vorbereitet und ihre Wut, ihren Groll solange wiedergekäut, bis sie bereit war, auf den Abzug zu drücken. Es war nicht einfach, jemandem in die Augen zu schauen, während man ihn exekutierte. Hatte er Zorn empfunden, wenn er getötet hatte? Ja, oft. Einen unpersönlichen Zorn. Wenn er tötete, tat er es für andere, für diejenigen, die sich von all den Folterknechten, den Betrügern, Flibustiern und Schurken befreien wollten, von denen dieses Land verseucht war. Beinahe wäre er in Gelächter ausgebrochen. Er suchte auch noch nach einer Rechtfertigung für seine Verbrechen. Er war verdammt. Nun gut! Dennoch hatte er dieses Land ein wenig von den Flöhen, Zecken und Würmern gereinigt, die es auffraßen. Es würden immer welche übrigbleiben. Eine vollständige Säuberung wäre eine zu gewaltige Aufgabe für einen einzelnen Menschen, auch wenn er zwei W* in seinem Vornamen hatte.

»Sie haben meinen Vater ermordet!« Sie war schön. In dieser Brasilianerin hatte er geglaubt, Mireya zu erblicken, die Frau, die er einst geliebt hatte. Für das kleine Mädchen, das er nach seinen Ermittlungen über die stumm gewordenen Glocken in diesem Dorf im hintersten Winkel Haitis adoptiert hatte, hatte er denselben Vornamen gewählt. Er wollte sich an sie erinnern. Er hatte davon geträumt, ein Kind mit dieser Frau zu haben. Dieses kleine Mädchen hatte all die Liebe empfangen, die er seiner Nachkommenschaft hatte entgegenbringen wollen, jener Nachkommenschaft, die er nicht haben würde. Trotz des Alkoholentzugs, der Wirkung der Medikamente und seiner durcheinander geratenen Sinne hatte sein Herz in seiner Brust einen Sprung gemacht. Er hatte sich mit dem Duft des Parfums der jungen Frau getränkt. Ein diskreter Duft nach Algen. Eine flüchtige Brise der karibischen See. Schon lange hatte er nichts Derartiges mehr empfunden. Nun war diese Frau tot. Der Schuss, den er gehört hatte, konnte nichts anderes bedeuten. Amanda Racelba war erschossen worden. Eine weitere Wunde riss in ihm auf. Eine doppelte Verletzung. Durch zwei Frauen, die wie ein Blitz durch sein Universum gezogen waren. Trotz der Situation hatte er sich heftig zu Amanda Racelba hingezogen gefühlt. So wie zu Mireya. Es hatte noch schneller geendet. In Unverständnis. In Blut.

Warum war die junge Frau getötet worden? Warum diese brutale Razzia bei ihm, Inspektor Dieuswalwe Azémar? Bestimmt, um sie kaltzumachen. Amanda Racelba war nach Haiti gekommen, um sich zu rächen, um den Mörder ihres Vaters zu töten. In irgendeiner unbekannten Giftküche wollte jemand nicht, dass die Akte zu General Racelbas Selbstmord wieder geöffnet wurde. Es gab keine andere Erklärung. Wenn man diese Frau tötete, riskierte man dann nicht auch, dass eine bis dahin glatte See wieder Wellen schlug? Man würde ihm den Mord anhängen. Mit seinen Störungen infolge seines Zustandes hatte er das perfekte Profil dafür. Nach dem Motiv würde man nicht allzu lange suchen. Es war bekannt, dass er zahlreiche flüchtige Beziehungen hatte. Und außerdem kamen hier Ermittlungen nie zum Abschluss. Sie begannen nicht einmal. Es brauchte nur einen Grund, der sich höheren Ortes ausreichend rechtfertigen ließ, und alles war gesagt, entschieden oder schlichtweg vergessen. »Ich bin in Zugzwang«, dachte er. Er konnte seine Züge nicht mehr frei wählen. Im Schach ist das eine besonders unangenehme Situation. Man kann nur einen Zug machen, selbst wenn der darauf hinausläuft, den Hals unter das Fallbeil zu legen. Die einzige Wahl, die ihm blieb, war, die Verantwortlichen für diese Machenschaften zu finden, die gerade in dem Moment abliefen, in dem er nicht im Vollbesitz seiner körperlichen und geistigen Kräfte war.

»Schau dir das an, Dieuswalwe«, sagte Michel.

Der Inspektor stand auf und ging zu seinem über den Arbeitstisch gebeugten Freund. Der Informatiker hatte die Aufnahmen, die Azémar mitgebracht hatte, auf einen hellen Schirm gelegt und zwei andere, frisch gedruckte Fotografien hinzugefügt. Auf ihnen sah man ebenfalls den auf dem Sofa zusammengesunkenen General. Sein Kopf hing links von der Armlehne herunter, in der rechten Hand hielt er die Waffe, mit der er sich laut der Untersuchung das Leben genommen hatte.

»Scheiße!«, fluchte Dieuswalwe.

»Die Waffe in deiner Hand ist ein Smith & Wesson, die vorschriftsmäßige Dienstwaffe der Police nationale. Ich habe das Bild vergrößert, um es nachzuprüfen.«

»Die in der Hand des Generals ist eine Pistole Kaliber 45. Ein ehemaliges Modell der amerikanischen Armee, bei Sammlern geschätzt.«

»General Racelba mochte diese Waffe. Er hat sie, der Dienstvorschrift der brasilianischen Armee zum Trotz, immer bei sich getragen.«

»Das ergibt keinen Sinn«, sagte Dieuswalwe Azémar. »Wenn ich den General exekutiert habe, warum hätte ich dann meinen Smith & Wesson benutzen und ihm anschließend, um einen Selbstmord vorzutäuschen, eine Pistole eines anderen Kalibers in die Hand geben sollen.«

»Trotz deiner Kur bist du immer noch auf dem Damm«, bemerkte Michel.

»Du hast sicher Informationen über diesen Fall«, sagte Azémar. »Sag mir, was du weißt.«

»Ich arbeite an einer Datenbank. Sie wird zum Einsatz kommen, wenn wir beschlossen haben, unsere Polizei an modernen Normen auszurichten. Meine Stellung in der Police nationale, das Vertrauen, das man in mich setzt, erlauben mir, alles zu sammeln, zu klassifizieren, zu digitalisieren. Die Ermittlungen sind nur Ansätze, aber ich sammle die eingeholten Informationen. Nach dem Selbstmord des Generals hat die haitianische Polizei Ermittlungen aufgenommen, dann haben der brasilianische Sicherheitsdienst und die Vereinten Nationen rasch alles in die Hand genommen. Seitdem herrscht der totale Blackout, abgesehen natürlich von dem Kommuniqué, in dem die Selbstmordthese offiziell bestätigt wurde.«

»Die haitianische Polizei hat Ermittlungen aufgenommen! Wie das?«

»Laut der offiziellen Version hat der General um 21 Uhr 25 in seiner Unterkunft im Hotel Célesta, Suite Nr. 117 Suizid begangen. Normalerweise hätten die Brasilianer als Erste alarmiert werden müssen. Eine Patrouille der Police nationale eilt zum Tatort. Sie nimmt den Fall auf, sichert die ersten Spuren, macht Fotos.«

»Wie lange nach dem … Selbstmord?«

»Nur ein paar Minuten. Zwei Hotelangestellte hören den Schuss. Sie benachrichtigen die Hotelleitung, denn von der Wachmannschaft des Generals ist niemand anwesend. Das ist ungewöhnlich. Die Direktion versucht erfolglos, den General mit der Gegensprechanlage zu kontaktieren. Man beschließt, bei ihm zu klopfen. Keine

Antwort. Die Direktion ruft bei der Polizeistation an. Vergeblich, wir sind in Haiti. Aber wie durch einen Zufall erscheint ein Kommissar in Begleitung von drei Beamten. Sie brechen die Tür auf, betreten die Suite des Generals und entdecken alles.«

»Hat niemand den Kommissar gefragt, wer ihn über das Verbrechen informiert hat?«

»Im ersten Moment niemand. Später hat er behauptet, er sei auf einen Anruf des Hotels hin gekommen. Falsch! Absolut falsch!«

Michel trommelte auf der Tastatur seines Rechners.

»Du hast bemerkenswerte Arbeit geleistet«, sagte der Inspektor nachdenklich.

»Du hast beschlossen, zu mir zu kommen, Dieuswalwe. Das ist kein Zufall.«

»Da hast du recht«, gab der Inspektor zu.

»Die Sache mit dem Selbstmord des Generals hat mich besonders interessiert. Damals habe ich alles gespeichert. Haitianische und ausländische Zeitungsartikel, Polizeiberichte, Unterlagen der Vereinten Nationen. Freunde haben mir unter dem Siegel der Verschwiegenheit vieles weitergegeben. Mein größter Erfolg war, dass ich Zugang zu den Fotos erhalten habe, die der Kommissar gemacht hat, der so schnell am Ort des angeblichen Selbstmords war. Diese Fotos wurden vom brasilianischen Sicherheitsdienst und den Vereinten Nationen beschlagnahmt. Ich bin der Einzige, der Kopien davon besitzt.«

»Wer war dieser Kommissar?«, fragte Azémar.

»Dein Freund und Beschützer, der verstorbene Kommissar Solon.«

Dieuswalwe Azémar traf es wie ein Schlag. Ihm wurde wieder schwindelig, er stützte sich auf dem erstbesten Gegenstand ab, den er zu fassen bekam. Eine Hitzewelle setzte seine Kehle in Flammen. Er riss den Mund auf, um Luft zu schnappen. Seine Zunge klebte am Gaumen. Ein unangenehmes Gefühl. Einen Sekundenbruchteil lang verwandelte Michel sich in eine Spinne. Er glaubte, das Kichern von Marasas Bruder zu hören, als dieser ihn in derselben Wohnung, in der Amanda Racelba ihn umbringen wollte, fast überwältigt hätte. Wirkten die Tabletten nicht mehr? Es war nicht der Moment, den Halt zu verlieren, sich der Wirklichkeit zu entziehen. Ein guter Schluck *soro*, und er könnte es mit allem aufnehmen. Zum Teufel mit der Kur! Er dachte an Mireya. Daran, dass er seinen Posten bei der Polizei behalten musste. Eine reichlich hypothetische Funktion nach dem, was gerade bei ihm passiert war.

»Damals«, erinnerte ihn Michel, »warst du ebenfalls mitten in einer Kur. Die Generalinspektion hatte nach dem fehlgeschlagenen Einsatz in Cité Soleil zur Befreiung von Pierre Quartier eine Untersuchung gegen dich eingeleitet.«

»Pierre Quartier hatte weniger Glück«, sagte der Inspektor. »Er hat den Fehler gemacht, sich in den Dienst von einem Schuft wie Jacques Harras zu stellen. Er sollte im Fernsehen das angebliche politische Projekt dieser Bewegung unter der Führung von Harras und Konsorten präsentieren. Diese haben nichts unternommen, um ihn zu befreien. Dabei war Pierre Quartier für sie enorme Risiken eingegangen.«

»Die Bilanz deiner Aktion war verheerend. Vier Polizisten getötet. Dir war es nicht gelungen, Quartier zu befreien. Er wurde tot, verstümmelt, unkenntlich aufgefunden. Du warst ständig randvoll mit *soro* und *kleren**. Ohne Kommissar Solon wärest du erledigt gewesen. Vor dem Ausschuss der Generalinspektion hast du geschworen, demjenigen, der den brasilianischen Soldaten befohlen hatte, nicht einzugreifen, eine Kugel in den Kopf zu jagen. Mit den zwei Militärberatern der Vereinten Nationen, die bei den Sitzungen des Ausschusses anwesend waren, wärest du fast handgreiflich aneinandergeraten. Du bist glimpflich davongekommen, dir wurde nur auferlegt, eine Entziehungskur zu machen. Sie hat sechs Monate gedauert, offensichtlich erfolglos. Solon hat die Augen davor verschlossen. Du hast den Dienst wieder aufgenommen. Der angebliche Selbstmord des Generals ist während deiner Kur passiert. Du kannst dich an nichts erinnern, das ist nicht verwunderlich.«

Die letzten Worte seines Freundes hallten als Echo in seinem Kopf wieder. »Der angebliche Selbstmord des Generals ist während deiner Kur passiert. Du kannst dich an nichts erinnern, das ist nicht verwunderlich.« Er wollte es nicht zugeben, aber seine Erinnerungen an die Ereignisse nach der Kommandoaktion wiesen enorme Lücken auf. Die Bande, aus deren Gewalt er seinen Freund hatte befreien wollen, stand einer politischen Bewegung nahe, die auch nach dem Sturz ihrer emblematischen Gestalt, des damaligen amtierenden Präsidenten, noch ein Machtfaktor vor Ort war. Er hatte ohne Wissen seiner Vorgesetzten gehandelt. Auf die Soldaten der Vereinten Nationen hatte er nicht zählen können, schon gar nicht auf die Brasilianer. Diese zeigten eine gewisse Gefälligkeit gegenüber den bewaffneten Banden, die ganze Viertel der Hauptstadt kontrollierten. Gut bewaffneten Banden. Bewaffnet von Politikern und auch von Ausländern. Der Inspektor hatte recht kuriose Aussagen gehört. Amerikanische Militärs hätten etwa Kisten mit Waffen auf Lastwagen »vergessen«, die man einige Minuten, manchmal auch einige Stunden unbewacht gelassen hatte, gerade so lange, dass die Bevölkerung die Waffen entwenden konnte. Auf diese Weise ermutigte man die Neger dazu, sich gegenseitig umzubringen. Azémar verspürte einen Brechreiz. Diese zweite Kur ist erfolgreich, nahm er sich vor. Um auf all die Fragen zu antworten, die Amanda Racelba aufgeworfen hat. Ich muss es tun. Für sie. Dort, wo sie jetzt ist, muss ich meine Ehre in ihren Augen wiederherstellen. Ich muss kämpfen, mit dem bisschen klaren Verstand, der mir bleibt. Michel sah ihn beunruhigt an.

»Werde wieder du selbst, Dieuswalwe. Mit oder ohne *soro*. Du hast keine Wahl.«

Er zeigte auf die Bilder, die Amanda Racelba mitgebracht hatte.

»Ich habe eine schlechte Nachricht für dich. Die Aufnahmen sind authentisch. Es wurde keine Manipulation entdeckt.«

»Ich habe General Racelba nicht getötet.«

»Dann brauchen wir eine Erklärung für all das«, bemerkte Michel ruhig.

»Lass mich überlegen«, sagte Azémar.

Der Inspektor ging wieder auf und ab und schlug sich dabei immer wieder mit der flachen Hand an die Stirn. Der Informatiker folgte ihm perplex mit dem Blick. Sein Freund war nur noch Haut und Knochen. Der Alkohol, diese brutale Kur, erledigte ihn. Und auch noch etwas anderes! Seine Unfähigkeit zur Korruption. Dass er wütend darauf beharrte, aufrecht zu gehen, während alles um ihn herum kroch. Sein ständiger Kampf gegen eine Bürokratie, die geschworen hatte, ihn zur Strecke zu bringen. Nicht, indem sie ihn entließ, sondern indem sie ihn zwang, seinen Prinzipien zu entsagen. Michel war indessen verwirrt. Warum sollte Azémar General Racelba ermordet haben? Der Inspektor setzte sich plötzlich wieder. Er schlug mit der flachen Hand heftig auf den Tisch.

»Wenn ich General Racelba ermordet habe, dann kann es nur mein Schatten gewesen sein. Ich glaube aber weder an Schatten noch an Zombies und erst recht nicht an Gespenster. Die Erklärung kann in der Zeit meiner Kur nach dem Unternehmen in Cité Soleil zur Befreiung von Pierre Quartier liegen. Ich will die Namen all derer, die mich untersucht und behandelt haben. Und auch die Namen der Mitglieder der Kommission, die mich nach dem Unternehmen verhört haben.«

»Das kann ich alles beschaffen«, sagte Michel.

»In der Geschichte von General Racelbas Selbstmord ist alles Mögliche unklar. Angeblich hat das Hotelpersonal sofort, nachdem sie den Schuss gehört hatten, die Polizei angerufen. Hatte niemand den Schlüssel für die Wohnung des Generals?«

»Der General hatte alle Schlüssel zu seinen Räumen verlangt. Nur sein Adjutant, Leandro, besaß einen.«

»Wenn ich den General ermordet habe, dann war ich also in seiner Wohnung. Irgendjemand, wahrscheinlich sein Adjutant, war in das Komplott verwickelt. Allein konnte ich nicht in Racelbas Suite eindringen.«

»Aber warum hättest du den General ermorden sollen? Ich habe sein Profil, er hätte dir eigentlich gefallen müssen.«

Er fügte etwas Interessantes für den Inspektor hinzu: »Allerdings konntest du das damals nicht wissen. Wir waren kritisch gegenüber den Soldaten der Vereinten Nationen, vor allem gegenüber den Brasilianern, die dem Gangstertum der Anhänger des Expräsidenten untätig zusahen. Der General wollte durchgreifen, gegen die Gangs vorgehen. Er war ein Berufssoldat, ein Rechter, der nicht geneigt war, sich von populistischen oder linken Slogans einschüchtern zu lassen. Er war bis aufs Blut verfeindet mit dem zivilen Chef der Vereinten Nationen, da dieser sich an eine ziemlich vereinfachte und persönliche politische

Agenda hielt: Man musste die Maschinerie benutzen, die der ehemalige Präsident hinterlassen hatte. Dessen Feinde hatten nur seine Dummheiten ausgenutzt, im Grunde aber waren sie genauso verdorben wie er. Unter dem Vorwand, einen gewissen zivilen Frieden in Haiti zu schaffen, wollten die Ausländer einem der Bewegung sehr nahe stehenden Kandidaten in den Sattel helfen. Das hieß mit dem Teufel zu paktieren. Der General hatte vor seinem angeblichen Selbstmord ein turbulentes Treffen mit dem Verantwortlichen der Vereinten Nationen gehabt. Manche haben bei diesem Tod, der zu gelegen kam, die politische Fraktion am Werk gesehen, die die Gangs unterstützt. Du warst darüber nicht informiert. Du warst in der Hitze des Gefechtes, und du musstest den General hassen. Die Brasilianer hatten keinen Finger gerührt, um dir zu helfen. Für dich war ihr Kommandant allein verantwortlich für die Toten und Verletzten in deinen Reihen.«

»Ich hatte also ein Motiv, den General zu ermorden.«

»Ein perfektes Motiv. Du hast bei der Aktion vier Männer verloren. Pierre Quartier wurde verstümmelt, unkenntlich aufgefunden. Seine Leiche konnte nur anhand seiner Kleidung und eines Manuskripts von seiner Hand identifiziert werden. Anschließend hast du vor dem Ausschuss Drohungen gegen den Kommandanten der MINUSTAH ausgestoßen.«

»Mit wem hätte ich mich zusammentun sollen, um ein solches Verbrechen zu begehen? Nein ... Nein ... Irgendetwas passt da nicht zusammen.«

»Das stimmt«, gab Michel zu.

»Wenn ich der Mörder bin, die Frage, wie ich das gemacht haben soll, einmal beiseitegelassen, dann läuft alles wie geschmiert. Alles spricht für meine Schuld, und man ist den General los. Der Fall ist praktisch abgeschlossen. Ich habe allein gehandelt, getrieben von meinem Hass. Aber mit diesem Selbstmord läuft theoretisch alles aus dem Ruder.«

»Diese Tarnung als Selbstmord ist nicht plausibel«, sagte Michel.

»Wenn ich es wirklich war, warum wird der Mord als Selbstmord getarnt? Diese Exekution hätte den Ausländern als Warnung dienen sollen.«

Michel untersuchte ein Bild auf dem Monitor seines Computers.

»Apropos, Azémar ... Was hältst du von der Entführung des jungen Harras?«

»Ich weiß nicht ... Warum fragst du mich das jetzt?«

»Einfach so ... um ein bisschen zu entspannen ... Jacques Harras hat bei der Flucht des Exdiktators eine große Rolle gespielt.«

»Ich mag ihn nicht«, sagte Azémar. »Hätte Pierre Quartier nicht für ihn gearbeitet, weil er glaubte, so nützlicher zu sein, wäre er vielleicht noch am Leben. Diese Leute haben nichts unternommen, um ihn zu retten. Glaubst du, das ist eine Abrechnung? Sollte die Fraktion, die den Expräsidenten unterstützt, die Entführung in Auftrag gegeben haben?«

»Ich weiß es nicht. In letzter Zeit regelt unsere Bourgeoisie ihre Streitigkeiten mit Gewalt. Die Familien Harras und Ennberg zum Beispiel kämpfen bis aufs Messer um lukrative Verträge in verschiedenen Branchen.«

»Sollen sie sehen, wie sie klarkommen«, sagte Azémar. »Ich habe meine eigenen Probleme zu lösen.«

»Du hast recht«, seufzte Michel.

Er bedeutete dem Inspektor, näher zu treten.

»Hier ist das Detail, das mir aufgefallen ist. Schau.«

Er hatte auf das Gesicht der Leiche des Generals gezoomt. An dem zur Seite geneigten Kopf war die Wunde an der Schläfe zu sehen. Michel zog die Fotos eines Smith & Wesson sowie einer 45er Automatik auf den Bildschirm.

»Ich habe mir, frag mich nicht wie, einen Auszug aus dem Bericht des brasilianischen Sicherheitsdienstes verschafft. Alles wurde übereilt abgeschlossen, um kein Aufsehen zu erregen. Es war nirgendwo von dem Projektil die Rede, das den Tod des Generals verursacht hat. Allerdings wurde eine Hülse der 45er gefunden. Der Waffe, die Ramos Racelba in der Hand hatte.«

Azémar untersuchte das Foto. Ein Schuss aus einer 45er Automatik mit aufgesetztem Lauf verursacht nicht dieselbe Verletzung wie ein Smith & Wesson. Das Loch in der Schläfe des Generals stammte nicht von einem so großen Kaliber.

»Das ist eine überhastete Inszenierung«, sagte Michel. »Ich

habe tagelang darüber nachgedacht und Informationen gesammelt, so sehr hat mich der Fall interessiert.«

»Du hast recht, Michel. Wenn es ein Komplott war, dann hat die Inszenierung am Schluss alles verdorben. Es ist, als ob im letzten Moment alles schiefgeht. Aus einem rätselhaften Grund wird ein perfekter Plan fallen gelassen.«

»Auf jeden Fall bist du das auf den Fotos«, beharrte Michel. »Wir müssen jetzt verstehen.«

»Scheiße!«, fluchte der Inspektor in hilflosem Zorn.

»Eine letzte Sache«, sagte Michel. »Dieses Detail ist in keinem Bericht vermerkt. Zeugen haben einen Schuss gehört, nachdem Kommissar Solon und die Beamten die Suite des Generals betreten hatten.«

»Abgefeuert, damit im Magazin des Generals eine Patrone fehlt.«

»Genau. Die Hülse wurde gefunden.«

»Und das hat den Ermittlern genügt?«

»Ja«, antwortete Michel. »Es gab ein Komplott. Man wollte schnell ein Ende machen. Aufsehen vermeiden in einer gespannten politischen Lage am Vorabend der Wahlen. Die internationale Gemeinschaft hatte beschlossen, die für sie geeignetste Person durchzusetzen, damit sie ihren Plan weiterverfolgen konnte. Die Leiche des Generals wird nach Brasilien überführt, ein Störenfried weniger.«

»Und was habe ich damit zu tun?«

»Dein Freund Solon hat den ersten Plan in die Hose gehen lassen, um dir aus der Patsche zu helfen, das ist offensichtlich.«

»Solon ist tot«, sagte Azémar. »Nur er könnte all diese Fragen beantworten.«

»Da gibt es noch jemanden, der dich aufklären kann«, bemerkte Michel.

Der Informatiker holte das Bild eines Mannes in der Uniform der Police nationale auf den Bildschirm. Das Gesicht war Inspektor Azémar nicht unbekannt. Eine weitere Gedächtnislücke. Eine Erinnerung arbeitete in ihm, weigerte sich, ihren Limbus zu verlassen.

»Guerdy Vanour. Arzt und Psychologe im Rang eines Inspektors. Mitglied des Ausschusses, vor den du geladen wurdest. Er war der verantwortliche Arzt für deine Kur. Er ist nicht mehr bei der Polizei, seit sie eine Untersuchung über die verdächtig aufwändige Lebensführung einiger höherer Beamter angestellt haben. Du müsstest dich noch daran erinnern.«

»Diese ganze Zeit verschwimmt in meinem Kopf, als hätte man mein Gedächtnis durch den Wolf gedreht.«

Der Inspektor hielt sich den Kopf mit beiden Händen.

»Nicht auf seine Erinnerungen zurückgreifen zu können, ist quälend! Bilder bewegen sich in mir. Sie sind nebelhaft, nicht fassbar. Dieser Arzt kann die Lücken in meiner Erinnerung an die Zeit meiner ersten Kur erklären. Wo finde ich ihn?«

»Bei ihm zu Hause. Er ist seit einer Bluthochdruckkrise gelähmt. Er wohnt allein mit einem Dienstmädchen in einem Haus im Gebirge. Du solltest bis morgen früh warten, bevor du zu ihm gehst. Es ist schon spät. Du kannst hierbleiben.«

Der Informatiker schrieb die Adresse auf einen Zettel und reichte ihn dem Inspektor. Im selben Moment ertönte die Klingel der Gegensprechanlage. Michel stand auf, um zu antworten.

»Wer ist da?«

»Polizei! Wir müssen Sie sofort sprechen.«

»Weswegen?«

»Wir suchen Inspektor Dieuswalwe Azémar. Wir glauben, dass er bei Ihnen ist.«

»Ich komme herunter«, sagte Michel.

»Nein ... Öffnen Sie. Wir kommen herauf.«

Dieuswalwe Azémar drückte die Lamellen der Jalousie an dem Fenster zur Straße leicht auseinander. Von der Wohnung seines Freundes aus konnte man den Eingang des Komplexes überblicken. Ein Militärjeep und ein Polizeiauto standen dort mit eingeschaltetem Blaulicht.

»Was wollen Sie von Azémar?«

»In seiner Wohnung wurde eine brasilianische Staatsbürgerin ermordet. Wir haben ihm ein paar Fragen zu stellen.«

»Er ist nicht hier.«

»Wir befehlen Ihnen, das Tor zu öffnen. Wir sind auf der Suche nach einem Mörder. Wenn Sie nicht mit uns zusammenarbeiten, kann das für Sie schwere Folgen haben.«

Michel sah den Inspektor an. In seiner Haltung lag keine Furcht, keine Angst. Dieuswalwe Azémar rechnete es ihm hoch an. Es gibt Augenblicke in der Hitze des Gefechtes, in denen man keine Zeit hat, panisch zu werden. Er hatte noch ein Ehrengefecht auszutragen. In der kurzen Zeit, die ihm wegen seiner körperlichen und geistigen Probleme noch blieb.

»Du musst dir eine andere Unterkunft suchen«, gab ihm Michel zu verstehen. »Du hast ein paar Sekunden, um dich davonzumachen. Ich zeige dir, wo es langgeht.«

»Ich komme klar«, sagte Azémar. »Im Moment brauche ich ein Hemd, ein Telefon und etwas Geld.«

»Das gebe ich dir alles, dann öffne ich das Tor.«

Er ging und kam fast augenblicklich mit dem Gewünschten zurück.

»Ein iPhone!«, wunderte sich Azémar.

»Diese Nummer kennen sie nicht, und es spricht nichts dafür, dass man dich mit diesem Apparat orten kann. Du hast nur wenig Zeit. Um mich mach dir keine Sorgen. Meine Dateien sind gesichert. Halte mich auf dem Laufenden, das sind auch meine Ermittlungen.«

V

Die Nächte von Port-au-Prince verweigerten sich der Ruhe. Nur wer an den Lärm gewöhnt war, konnte den Höllenkrach einer Bevölkerung überhören, deren Elend sich mit der Stille, einer Begleiterscheinung des befriedeten Bauches, nicht abfinden konnte. Als Dieuswalwe Azémar gegenüber einer Betontreppe vom Motorrad stieg, schloss er für einen Sekundenbruchteil die Augen, damit nur sein Gehör und sein Geruchsinn den Pulsschlag der Stadt auffangen konnten. Das Verlangen nach *soro* und die Medikamente verliehen seinen Sinnen möglicherweise eine andere Schärfe. Er hatte das seltsame Gefühl, dass in seinem Inneren jemand anderes das diffuse Rumoren wahrnahm, die Stimmen, Gesänge, Schreie, das Gezänk der Paare, das Geplärr der unablässig zur Umkehr aufrufenden Evangelienprediger, die Trommeln, die ohne Rücksicht auf die Nachbarn voll aufgedrehten Radios und Fernseher, die Hähne, die das Zeitgefühl verloren hatten, das Husten der Generatoren und dazu den Geruchscocktail aus Benzin von schlechter Qualität, Urin und Exkrementen, aus Schlamm und Unrat, Tierkadavern, den Düften von Phantomwäldern und Nuttenparfum, umhergetragen von einer schalkhaften Brise.

In diesen Sinneseindrücken lag etwas Berauschendes aber auch ein Gefühl, in die Abgründe des Irrsinns abzugleiten. Der Motorradfahrer reklamierte ungeduldig die Bezahlung der Fahrt. Azémar reichte ihm einen 250-Gourde-Schein und sagte ihm, er solle den Rest behalten. Sonst zeigte er sich nie so großzügig, wenn er überhaupt bereit war, seine Fahrten zu bezahlen. Das Motorrad fuhr mit aufheulendem Motor weg. Er blieb unbeweglich, betäubt, verloren auf dem Bürgersteig stehen. Die Nutten unter dem Torbogen des gegenüber gelegenen Bekleidungsgeschäfts interessierten sich nicht für ihn, dem sie an der Visage ansahen, dass er ein Säufer, krank und pleite war. Eine Polizeipatrouille würde ihn bestimmt erkennen. Mit schwerem Schritt, in der ständigen Furcht, aus dem Dunkel könnte eines der Biester auftauchen, die ihn seit

Beginn der Kur bedrängten, stieg er die Treppe hinunter. Sie ging in einen Korridor über, der in die Ausläufer eines riesigen, an den Berg geklammerten Slums führte. Er versuchte nicht bewusst, sich zu orientieren. Auf diese Weise würde er sich sicher verirren. Er ließ sich von seinem Instinkt, einer in ihn eingeschriebenen Erinnerung leiten und wünschte nur, dass die Person, bei der er diese Nacht Unterschlupf suchte, nicht umgezogen war. Es war schon mehrere Monate her, dass er zum letzten Mal an ihre Tür geklopft hatte. Als er den kleinen Laden erblickte, in dem er sich spätabends, manchmal sogar frühmorgens ein paar Gläser *soro* zu kaufen pflegte, seufzte er innerlich erleichtert auf. Die Tür war nach Mitternacht immer geschlossen, aber die Besitzerin ließ einen Fensterflügel offen, durch den man sie rufen und seine Bestellung aufgeben konnte. Sie erschien immer anstandslos, als hätte sie dem Schlaf für immer entsagt. Azémar klopfte an die Tür nebenan, an der ein Plakat mit einem Auszug aus Psalm 51 hing: »Wasche mich rein von meiner Missetat, und reinige mich von meiner Sünde; denn ich erkenne meine Missetat, und meine Sünde ist immer vor mir.« Er erwartete nicht, Sonia anzutreffen, denn zu dieser nächtlichen Stunde war sie normalerweise mit einem Freier unterwegs oder auf der Suche nach einem solchen. An ihre Telefonnummer erinnerte er sich nicht mehr. Sonia wohnte mit ihrem jüngeren Bruder zusammen. Dieser kannte den Inspektor, er würde ihm erlauben, sich auf das einzige Bett in dem Zimmer zu legen, das ihnen als Wohnung diente. Die Tür öffnete sich einen Spalt. Eine junge Frau streckte vorsichtig den Kopf heraus. »Dieuswalwe!«, rief sie aus. »Du hast dich in der Gegend lange nicht mehr blicken lassen.« Er fragte sie nicht, warum sie zu Hause war. Sie öffnete, um ihn einzulassen. Ihr luftiges Negligé ließ ihre Formen freizügig sehen. Sie war schön, dachte Azémar. Seit dem Tod von Pierre Quartier, ihrem Liebhaber, hatte sie sich nicht verändert. Sie hatte nichts von ihrer wilden Schönheit eingebüßt. Ihr Leben konnte ihrem Körper nichts anhaben.

»Ich brauche ein Dach, unter dem ich die Nacht verbringen kann«, erklärte Azémar. »Ich kann nirgendwo hingehen.«

»Die Polizei sucht dich. Ich habe es heute Abend im Fernsehen gesehen.«

»Das zu erklären, würde zu lange dauern.«
»Ich habe einen Schlafsack«, sagte Sonia.
»Danke«, seufzte Azémar erleichtert.
»Willst du etwas trinken?«
»Nein, ich bin mitten in einer Kur.«
»In einer Kur! Du!«
Sie fügte nichts hinzu, sondern öffnete einen Wandschrank und holte einen Schlafsack heraus, den sie dem Inspektor reichte. Material der amerikanischen Armee, in Haiti sehr selten zu finden. Der Inspektor hatte nur in Cité Soleil welche gesehen, wo ein Kontingent der Marines nach dem Erdbeben einige an die Bevölkerung verteilt hatte.
»Ich denke oft an Pierre Quartier«, sagte Azémar, während er den Schlafsack ausrollte.
Er spürte die Verstörtheit bei der jungen Frau.
»Ich bin müde«, sagte sie nach einem Seufzer. »Ich bin gerade erst zurückgekommen.«
»Erinnert du dich an das letzte Mal, dass du Pierre Quartier gesehen hast?«, fragte Azémar, als hätte er nicht gehört.
»Ich will nicht mehr an ihn denken«, sagte sie.
»Wenn er abgerutscht wäre, wenn er sich befreit hätte, wie er es sich gewünscht hat, indem er ein Verbrechen oder mehrere begangen hätte, indem er sich von Gott abgewandt hätte, hättest du ihn dann dazu ermutigt, zu bereuen, auf den geraden Weg zurückzukehren?«
Sie hatte sich bereits auf ihr Bett gelegt und hob den Kopf, ein wenig verärgert über die Hartnäckigkeit des Polizisten.
»Hier gibt es keinen geraden Weg, Dieuswalwe.«
»Und Gut und Böse?«, beharrte der Inspektor.
»Liebe vielleicht«, sagte Sonia.
»Glaubst du an die Liebe?«
»Je länger ich mein Geschlechtsteil verkaufe, desto mehr glaube ich an die Liebe. Das ermöglicht mir zu überleben.«
»Raskolnikow«, bemerkte Azémar.
Sie fuhr auf.
»Was meinst du damit?«
»Ich dachte an die Romangestalt, die Pierre Quartier so geliebt

hat. Eine Frau, sie trägt denselben Vornamen wie du, ermutigt Raskolnikow zu bereuen, auf den geraden Weg zurückzukehren.«

»Ich hab's dir gesagt, Inspektor, hier gibt es keinen geraden Weg. Willst du Sex mit mir haben, damit du einschlafen kannst?«

»Du bist die Frau meines Freundes«, sagte der Inspektor.

»Trotzdem hast du mich schon mehrmals gefickt.«

»Das war der *soro*. Ich hätte's nicht tun dürfen.«

»Und jetzt?«

»Das ist nicht mehr dasselbe.«

»Warum? Wegen deiner Kur?«

Er schwieg. Das Rumoren der Slums belagerte das Zimmer. Er würde nicht in den Schlaf finden. Sonia erhob sich von ihrem Bett und legte sich neben ihn. Die Hand der jungen Frau suchte sein Geschlechtsteil.

»Ich kann nicht«, jammerte Azémar.

Er hätte gern hinzugefügt: »Jetzt weiß ich es.« Es gelang ihm nicht.

»Doch, du kannst«, flüsterte ihm die junge Frau ins Ohr.

Ein Duft kitzelte die Nase des Polizisten. Eine Brise von Algen. Die Lippen auf seinen, die dann auf der Suche nach seinen Brustwarzen seinen Hals entlangglitten, waren nicht Sonias Lippen. Amanda Racelba umarmte ihn mit plötzlicher Wildheit. Er warf sie auf den Rücken, überrascht von seiner Kraft, als wäre er besessen. Drang heftig, ohne Vorspiel in sie ein, nahm sie wütend, keuchend, brüllend vor Lust, ohne sich um das Kind zu kümmern, das neben ihnen schlief. Sein Orgasmus war mächtig und intensiv. Erschöpft sank er auf Sonias Bauch nieder. In seinem Kopf hörte er eine Stimme: »Sie haben meinen Vater ermordet!« Das Gesicht vergraben in Sonias Haar brach er in Tränen aus.

VI

Die kühle Luft der Höhenstadtteile wirkte auf ihn wie eine raue, glühende Zunge, die ihm über das Gesicht fuhr. Mit der Begründung, dass ihm auf dem Motorrad immer schlecht wurde, hatte er dem Taxifahrer befohlen, langsam zu fahren, und ihm den doppelten Preis versprochen. In seinem Magen drehte sich ein weiteres Rad synchron mit denen des Motorrads. Geklammert an das Metall der Maschine betete er, sie möchten rasch an ihr Ziel kommen, und bemühte sich, nicht zu kotzen. Seine Verfolger würden alles aufbieten, um ihn wiederzufinden. Er musste schneller sein als sie. Diese Leute waren zu rasch nach Amanda Racelba bei ihm aufgetaucht. Sie wussten, warum sie zu ihm gekommen war. Sie waren ihr nicht gefolgt, sonst hätten sie früher eingegriffen, noch bevor sie bei ihm angekommen wäre. Ein gewisses Timing bei der Auslösung der Affäre hatte den Inspektor gerettet. Sie, Amanda Racelba, hätten sie auf keinen Fall am Leben gelassen. Die Frau war gefährlich für sie. So wie er jetzt. »Ich kann mich nicht weiter andauernd fragen, was ich mit all dem zu tun habe, ich stehe im Mittelpunkt der Geschichte. Ob real oder nicht, ich muss bis zum Ende gehen, um alles zu verstehen. Alles hat sich in den Wochen nach der gescheiterten Befreiung von Pierre Quartier entschieden. Kann ich in den undurchsichtigen Nebel meiner Erinnerungen eintauchen, um dort nach einem Hinweis, einer Information zu suchen?« Einige mögliche Szenarien kristallisierten sich in seinem Geist heraus. Er ließ sie sich in seinem Kopf entfalten, ohne einzugreifen. So funktionierte er immer. Er ließ sich von seinen Vermutungen, auch den allerverrücktesten, durchdringen, schob alle Vorurteile beiseite.

Etwa hundert Meter von der gesuchten Adresse entfernt stieg er ab. Er bezahlte den Fahrer und wartete, bis das Motorrad am Ende der steinigen Straße verschwunden war, bevor er zu dem hohen grauen Tor eines im Bau befindlichen Hauses ging, auf dessen Dach zwei große Parabolantennen angebracht waren. Die

Umgebung war anscheinend menschenleer. Der Inspektor sah keine Klingel. Er klopfte an das Tor. Es klang wie Kirchenglocken. Eine Luke öffnete sich, und das Gesicht eines Mannes erschien. Ein Wächter. Azémar zeigte ihm seine Dienstmarke. So schnell, dass der Sicherheitsmann seinen Namen nicht lesen konnte, falls die Polizei bereits die Zeit gehabt hatte, eine Fahndungsmeldung zu veröffentlichen. Er kündigte an, dass er Inspektor Vanour dringend treffen wollte. Der Wächter ließ ihn durch.

»Wenn Sie mit ihm reden wollen, verlieren Sie Ihre Zeit«, warnte er ihn.

»Warum?«

»Sein Zustand hat sich gestern Abend verschlechtert. Er spricht nicht. Er kann sich kaum bewegen. Lange macht er's nicht mehr.«

»Er ist ein Freund«, log der Inspektor. »Ich muss ihn sehen.«

»Er ist im Garten hinterm Haus. Anscheinend tut es gut, an der frischen Luft zu sein, wenn schönes Wetter ist.«

Der Wächter führte ihn auf einer blumengesäumten Allee in den Garten. Dort, an einem Wasserbecken, in dessen Mitte ein Fisch mit bereits lädiertem Schwanz aus seinem geöffneten Maul einen winzigen Wasserstrahl spie, erblickte Dieuswalwe Azémar Vanour zusammengesunken in einem Rollstuhl.

»Ich lasse Sie allein«, sagte der Wächter. »Kommen Sie wieder zu mir ans Tor, wenn Sie fertig sind.«

Der Inspektor schob den Rollstuhl leicht zurück, um sich Vanour gegenüber auf den Rand des Beckens zu setzen. Seit seiner ersten Kur hatte er den Polizeiarzt nicht mehr gesehen. Azémar erinnerte sich an den gutaussehenden, schneidigen Offizier, stolz auf sein Wissen, hochmütig, im vollen Bewusstsein seines Erfolgs, bereit, für seinen Aufstieg alles niederzutreten. Zum ersten Mal war er ihm vor der Kommission der Generalinspektion begegnet. Seine Isolation war in der Klinik des Polizeiarztes weitergegangen. Dieser war der Verantwortliche für seinen Entzug gewesen. Vanour hatte kein Blatt vor den Mund genommen, als er Azémar empfangen hatte: »Inspektor Azémar! Sie sind seit Jahren Alkoholiker. Das Präsidium hat die Augen vor Ihrer Sucht verschlossen. Sie haben lobende Beurteilungen. Ohne Alkohol hätten Sie es weit gebracht. Quittieren Sie den Dienst, wenn Sie sich nicht in der Lage fühlen, dem Alkohol zu entsagen. Eine Kur funktioniert nur, wenn der Patient mitarbeitet. Er muss den ehrlichen Wunsch haben, von seiner Sucht loszukommen. Wenn Sie hier bleiben, müssen Sie die Behandlung ohne Wenn und Aber auf sich nehmen. Sie ist hart, schwierig, ja brutal. Was ist Ihre Entscheidung?«

Er hatte keine andere Wahl gehabt und sich der Kur unterzogen. Ab diesem Moment verschwamm erneut alles in seinem Gedächtnis. Er lag festgeschnallt in einem Sessel und jemand gab ihm eine Spritze. Eine Frauenhand? Das strenge Gesicht einer Krankenschwester! Ein helles Licht schaukelte vor seinen Augen hin und her. Eine Stimme! Was sagte sie ein ums andere Mal? Es klang wie ein Wiegenlied. Sie hatte einen brasilianischen Akzent. Plötzlich verspürte er Benommenheit. Er schüttelte energisch den Kopf, um das Gefühl loszuwerden, in einen Tunnel einzutauchen. Die Spinne tauchte wieder auf, bereit, ihm mit ihren scharfen Klauen den Brustkorb zu durchbohren. Er holte tief Atem. Die monströse Kreatur verschwand. Seine Hände zitterten noch mehr. Inspektor Vanours Augen waren starr auf ihn gerichtet. Ausdruckslose Augen, die hin und wieder flüchtig aufleuchteten. Der Rest von Bewusstsein, der ihm blieb, kämpfte gegen die Finsternis an. »Wir stehen immer noch jeder auf seiner Seite der Barrikade, Vanour«, flüsterte Dieuswalwe Azémar. »Du bist in deinem Verfall einen Schritt weiter als ich. Ist das nicht komisch? Hat sich das gelohnt, mich, Dieuswalwe Azémar, so zu verachten? Das hast du jetzt von deinem Haus für über eine halbe Million Dollar. Wenn deine ehemaligen Freunde dem lieben Gott nicht zuvorkommen, dann lebe ich in meiner schäbigen Bude länger als du.«

Er brach in Gelächter aus und fand sich sofort albern. Wie sollte man hier nicht in der Scheiße versinken?, gab er zu. Sie schluckt dich, so sehr du dich auch wehrst. Du bist vom Ressentiment bewohnt. Du passt nicht auf, und es springt dich an. Dann wirst du wie sie. Dumm und bösartig. Eine Hand des Kranken bewegte sich. Seine halb geöffneten Lippen versuchten, einen Laut, ein Wort auszustoßen. In seinen starr auf den Inspektor gerichteten Blick war wieder Leben gekommen.

»Was passiert mit mir, Inspektor Vanour?«, fragte Azémar. »Was seit gestern Abend geschieht, ist kein Zufall. Sie haben die Tochter des Generals getötet. Sie wollte mich zur Strecke bringen. Warum?«

Die rechte Hand des Kranken bewegte sich weiter. Seine Augen waren nicht mehr ausdruckslos. Vanour wollte etwas sagen. Er würde nicht lange wach bleiben. Azémar stürzte in das Wachlokal, wo der Sicherheitsmann saß. »Einen Stift und ein Blatt Papier. Schnell!« Der Mann gab sie ihm eilig. Dieuswalwe Azémar ging zum Kranken zurück. Er drückte ihm den Stift in die Hand und legte das Papier auf seine Dienstmarke. »Wenn Sie nicht sprechen können, dann schreiben Sie«, flehte Inspektor Azémar förmlich. »Tun Sie etwas, um Ihre Seele zu retten. Helfen Sie mir!« Vanours Finger krampften sich um den Stift. Seine Augen blickten weiter starr in Azémars Gesicht. Er begann Buchstaben zu malen. Wie der Schreibkopf eines gestörten Druckers. Azémar sah voll Angst zu, wie auf dem Papier folgende Buchstaben erschienen: C ... R ... A ... Z ... E ... R ... O. Zittrige, wackelige Buchstaben, die über die Mauern um seine verfallende Seele sprangen.

»Was soll das heißen?«, fragte Azémar.

Er fasste den Kranken an der Schulter, um ihn zu schütteln, voll Wut, dass er die Bedeutung der Buchstaben nicht aus ihm herausbekommen hatte. Vanour war wieder abwesend, sein Blick wieder leer. Seine Arme hingen reglos an seinem zusammengekrümmt im Rollstuhl sitzenden Körper herunter. Er lebte noch, aber nur das leise Röcheln, mit dem sein Atem sich mühsam einen Weg durch seine Brust bahnte, zeugte davon.

»Scheiße!«, fluchte der Inspektor.

Er ging in Vanours Haus. Die Zimmer waren leer, ebenso wie die Schubladen des einzigen Schreibtisches, der sich noch im Haus befand. Das Zimmer, in dem Vanour schlief, war mit einem Feldbett und einem Fernseher ausgestattet, der direkt auf dem Boden stand. In mehreren Zimmern hingen abgeschnittene Drähte, Kabel, die mit den Antennen auf dem Dach verbunden waren. Azémar bemerkte zahlreiche Schrammen an den Wänden und auf den Mosaiken. Alles war mitgenommen worden. Er ging zu dem Sicherheitsmann am Portal.

»Lebt Inspektor Vanour allein hier?«, fragte er.

»Mit einer alten Frau, die ein bisschen verrückt ist. Sie ist in ein paar Minuten zurück. Sie kümmert sich um ihn. Jeden Mittwochmorgen geht sie auf dem Markt einkaufen. Zwei- oder dreimal pro Woche schaut eine Krankenschwester abends nach Vanour.«

»Seit wann ist er in diesem extremen Zustand?«

»Seit gestern Abend. Vorher ging es ihm viel besser. Er sprach, er konnte schreiben und selber essen, auch wenn es ihm schwerfiel, sich zu bewegen.«

»Wann wurde das Haus ... gesäubert?«

»Gestern Abend. Sie schienen es eilig zu haben.«

»Wer hat diese ... Säuberung vorgenommen?«

»Brasilianische Soldaten unter dem Kommando eines Hauptmanns. Ich erinnere mich an seinen Namen: Nelson Arantes. Den vergisst man nicht so leicht. Er hat eine Narbe an der Stirn. Die Brasilianer waren von haitianischen Polizisten begleitet. Sie sind mit zwei Militärlastwagen gekommen, die Krankenschwester war bei ihnen.«

»Kennen Sie diese Krankenschwester?«

»Miss Hélène! Ich habe ihre Telefonnummer und ihre Adresse.«

Der Sicherheitsmann zwinkerte dem Inspektor zu.

»Eine schöne Frau. Auch wenn er krank war, hatte Vanour doch Geschmack.«

Dieuswalwe Azémar notierte die Informationen. Er wollte gerade gehen, als eine alte Frau das Tor öffnete und mit einem Korb in jeder Hand eintrat. »Das ist sie«, sagte der Wächter. »Sprechen Sie mit ihr. Achtung, sie ist nicht ganz richtig im Kopf.« Azémar wartete, bis sie eingetreten war und ihre Einkäufe abgestellt hatte, bevor er sie ansprach. Er erzählt ihr, er sei ein alter Freund von Vanour und wolle sich nach seiner Gesundheit erkundigen, denn seit einem Traum fürchte er um Vanours Leben. Mit einem solchen Einstieg bringt man eine alte Frau leicht zum Reden, auch wenn sie nicht ganz richtig im Kopf ist. »An seinem Zustand sind diese Leute schuld, die gestern Abend gekommen sind. Ich habe vor allem die Krankenschwester in Verdacht. Die Frau ist ein schlechter Mensch. Sie hat darauf bestanden, dem Inspektor eine Spritze zu geben. Ich war dagegen. Abends, wenn die Sonne untergeht, ist das immer schlecht ... Schlecht.« Sie wiederholte »schlecht« in einer plötzlichen zornigen Aufwallung, bevor sie fortfuhr: »Ein Mann mit der Narbe von einem Peitschenhieb auf der Stirn hat mich festgehalten, damit diese Frau ihm die Spritze geben konnte. Dann sind sie gegangen. Sie haben alles mitgenommen. Sie waren wie von Sinnen. Sie haben den Inspektor gefragt: ›Wo haben Sie Ihre Papiere und Ihre Archive?‹ Die Angst vor diesen Leuten in seinem Haus hat sicher seinen Blutdruck in die Höhe getrieben. Er konnte nicht sprechen. Er hat alle seine Papiere schon vor langer Zeit verbrannt. Ich weiß es, denn ich habe ihm dabei geholfen. Ich habe nichts gesagt.« Sie sprach abgehackt, regte sich auf, kam durcheinander. Er hatte genug gehört. Mehr würde er aus der alten Frau nicht herausbekommen. Der Mann mit der Peitschennarbe auf der Stirn. Erinnerte ihn das vage an etwas? Erneut zermarterte er sein vom *soro* und der Kur durchlöchertes Gedächtnis. Er ging wieder zu dem Sicherheitsmann und empfahl ihm, seinen Besuch bei Inspektor Vanour geheim zu halten. Der Wächter sah nachdenklich zu, wie er wegging. Er hatte gelernt, seine Zunge zu hüten, die Empfehlung des Polizisten war überflüssig.

*

Jacques Harras erwartete Kommissar Dulourd stehend auf dem Vorplatz seines luxuriösen Hauses im Stil einer römischen Villa und rauchte dabei nervös eine Zigarette. Er folgte dem Polizisten aufmerksam, während dieser auf einem Parkplatz unter einem blühenden Flammenbaum aus seinem Jeep stieg.

»Danke, dass Sie sofort gekommen sind, Kommissar«, sagte Jacques Harras.

Der Industrielle hatte die Betonung auf »sofort« gelegt. Dulourd hasste Harras, aber dieser gehörte zu den Herren des Landes. Er war eine der Galionsfiguren der Opposition gewesen, die den Ex-Diktator ins Exil gezwungen hatte. Im Grunde genommen vertrat Jacques Harras keinerlei Prinzipien. Der Tyrann hatte versucht, ihm einige Privilegien zu nehmen, er hatte die Zähne gezeigt und eine Runde gewonnen. Dulourd machte eine höfliche, geradezu unterwürfige Verbeugung und nahm die Hand, die der Mulatte ihm reichte. Dieser wahrte, indem er sich bei ihm bedankte, einfach nur die Form. Männer, die so viel besaßen wie Harras, befahlen, und man gehorchte ihnen. Man kroch vor Jacques Harras. Dulourd tröstete sich mit dem Gedanken, dass dieser wiederum vor den ausländischen Botschaftern knien musste. So funktionierte das Land. Eine Stufenleiter, auf der in endloser Folge einer vor dem anderen niederkniete und gefickt wurde.

»Nehmen Sie einen Kaffee?«, schlug Jacques Harras vor.

Der Kommissar nickte. Harras führte ihn auf eine Terrasse; der Blick über Port-au-Prince aus dieser Höhe war fantastisch. Direkt hinter der hohen, stacheldrahtbewehrten Begrenzungsmauer des reichen Anwesens begann jedoch ein Slum. Die Siedlung strebte bergab und drohte die Stadt im Tal mit ihrem Wellblech, ihrem Beton und ihrer schmutzigen Armut zu verschlingen. Eine Mauer, um das Paradies von der Hölle zu trennen. Der Anblick widerte den Kommissar an, bestärkte ihn jedoch in seiner Überzeugung, auf der richtigen Seite der Barrikade zu stehen, wenn er den Beherrschern des Landes seine Dienste zur Verfügung stellte. Er würde in der anderen Hölle brennen, der im Jenseits. Jetzt saß er lieber bei den Engeln Haitis.

»Sie wurden diese Nacht ... attackiert, habe ich gehört.«

Dulourd fuhr zusammen. Wie hatte der Industrielle von dem Vorfall erfahren?

»Unsere gemeinsamen Freunde brauchten dringend eine Auskunft«, verbesserte der Kommissar vorsichtig.

»Unsere Freunde!«, spottete Jacques Harras mit einem boshaften Lächeln.

Der Kaffee wurde serviert. Dulourd gab mehrere gehäufte Löffel Zucker hinein. Jacques Harras sah ihm dabei zu, ohne es ihm nachzutun.

»Wie weit sind die Ermittlungen gediehen?«, fragte er.

Dulourd stellte die Tasse ab. Er wich dem Blick des Mulatten aus.

»Sie scheinen sich um Ihren Sohn nicht allzu große Sorgen zu machen«, bemerkte er.

Der Industrielle zuckte zusammen. Er kannte sicher die Auftraggeber dieser Entführung. Die Sache stinkt gewaltig nach Geld, dachte der Kommissar. Diese Familien waren in alle möglichen mafiösen Trickserejen verwickelt. Sie konnten nicht zulassen, dass die Polizei ihre Arbeit machte, auch nicht auf die Gefahr hin, ein Kind zu verlieren.

»Sie sollten mit Ihrem Inspektor sprechen«, empfahl ihm Jacques Harras, scheinbar das Thema wechselnd, brüsk.

»Warum?«

»Oft ist der gerade Weg nicht der beste, um an sein Ziel zu kommen«, antwortete er, jedes Wort betonend.

»Gibt es da etwa einen Zusammenhang?«

»Lassen Sie Ihren Inspektor nicht allein herumlaufen«, insistierte Jacques Harras. »Er kann uns sehr nützlich sein. Das wollte ich Ihnen sagen.«

Der Industrielle erhob sich unvermittelt.

»Ich lasse Sie Ihren Kaffee austrinken. Ich habe diesen Vormittag eine Aktionärsversammlung. Sie bekommen wie üblich Ihr Geld, mit einer Zulage, wenn ich finde, dass Sie uns in dieser Prüfung einen wertvollen Beistand leisten.«

Ohne ein weiteres Wort oder auch nur einen Gruß ließ er den Kommissar allein. Dulourd blickte über die Slums an dem Berghang, an dessen Fuß das Anwesen von Jacques Harras lag. So war dieser Industrielle. Er gab sich gern geheimnisvoll. Er war dabei gesehen worden, wie er eine Statue der Heiligen Jungfrau geküsst hatte, nachdem eine Demonstration für den Rücktritt des damaligen Diktators erfolgreich verlaufen war. Wenn Jacques Harras ihn zu sich bestellt hatte, um ihm diese abstrusen Dinge zu sagen, dann war etwas im Busch. Dulourd trank seinen Kaffee aus. Glücklicherweise war Azémar, dieser Spinner, den Brasilianern bei Michel Geham entkommen. Er musste unbedingt mehr über diese Sache herausfinden.

*

Vor der Adresse, die der Sicherheitsmann angegeben hatte, hatte sich ein beeindruckender Menschenauflauf gebildet. Frauen schrien und riefen Gott an, während sie sich den Kopf hielten oder die Hände zum Himmel erhoben, und taten ihren Schmerz und ihren Zorn laut kund. Polizei war nicht zu sehen. Azémar bezahlte den Motorradfahrer, bevor er abstieg. Er wollte nicht auffallen. Im Augenblick war sein einziger Vorteil, dass seine Verfolger sein Handeln nicht voraussehen konnten. Sie wussten nicht, über welche Informationen er verfügte. Er musste sich von seinem Instinkt leiten lassen. In seinem Kopf prallten verschiedene Szenarien aufeinander und passten sich den vielfältigen Konfigurationen an, die sich mit jedem neuen Puzzleteil veränderten.

Er bahnte sich einen Weg durch die Menge, indem er seine Dienstmarke schwenkte. Eine junge Frau lag auf dem Bürgersteig, die Augen noch offen in einem Ausdruck der Überraschung und des Schreckens, die Beine im schmutzigen Wasser des Rinnsteins und dem am Straßenrand aufgehäuften Unrat. Mehrere Kugeln hatten ihre Brust und eine ihren Hals direkt unter dem Kinn getroffen. Es war kein schöner Anblick. »Das ist Miss Hélène, eine Krankenschwester«, sagte eine Frau neben ihm. »Man hat sie umgebracht, nur um ihr Handy zu stehlen. Ihr Geld hat man ihr nicht abgenommen.« Die Tote hielt ihre Tasche noch in der Hand. Azémar fand darin Geld in amerikanischen Dollar, ein Stethoskop, Medikamentenfläschchen und ein Blutdruckmessgerät. Gewöhnliche Gangster hätten alles mitgenommen. »Es wird reiner Tisch gemacht«, dachte der Polizist. »Man will nichts dem Zufall überlassen. Diese Brasilianerin ist in ein Schlangennest getreten.« Die Krankenschwester hatte gerade ihr Haus verlassen, als ein Mann auf einem Motorrad sich ihr genähert hatte. Sie benutzte oft Motorradtaxis, um zur Klinik oder zu Patienten zu fahren. Ein anderer war aus der entgegengesetzten Richtung gekommen und hatte sie mit mehreren Schüssen niedergestreckt. Der Mörder hatte die Tasche der jungen Frau geöffnet und ihr Handy gesucht. Er war auf dem Motorrad geflohen. »Die Polizei muss mit diesen Mördern aufräumen«, keifte eine alte Frau. »Zu meiner Zeit waren die Straßen nicht voller Motorräder. Heutzutage werden Kinder entführt ...« Die Worte der alten Frau ließen ihn zusammenfahren. Mireya! Sie war in Gefahr! Seine Verfolger wollten ihn so rasch wie möglich in ihre Gewalt bringen, und da sie ihn nicht gefangen nehmen konnten, dachten sie bestimmt schon daran, seine Tochter als Geisel zu nehmen, und ihn so zu zwingen, sich zu ergeben. Er durfte aber auch nicht Hals über Kopf zu Madame Excès eilen, die seit Beginn seiner Kur auf Mireya aufpasste. Er musste unbedingt Ruhe bewahren. Er würde Michel sofort anrufen und ihn bitten, sich dringend um Mireya zu kümmern.

Er sagte der alten Frau, man werde alles unternehmen, um die Mörder dingfest zu machen. Sie rief ihm ein »Jesus ist mit dir« zu und empfahl dann der anwesenden Menge vehement, Gottes Wort anzunehmen. Der Inspektor, den inmitten der Menschen auf einmal niemand mehr beachtete, versuchte, seine Gedanken zu ordnen. Die Krankenschwester war eine Spur, der er nachgehen musste. Wer hatte sie engagiert, damit sie sich um Vanour kümmerte? Wen hatte sie nach Amanda Racelbas Ankunft in Haiti getroffen? Eine Parole war ausgegeben worden: reinen Tisch machen. Ihn würde man nicht am Leben lassen. Mit gesenktem Kopf anzugreifen, war die einzig mögliche Strategie. Entweder musste er seine Verfolger stellen oder die nötigen Informationen finden, damit er um sein Leben verhandeln konnte. Er hörte die Sirene eines Polizeiautos. Es kam nicht in Frage, hierzubleiben und sich aufgreifen zu lassen. Sein Steckbrief war an alle Polizeistreifen übermittelt worden. Er nutzte es aus, dass das Interesse der Menge sich auf das herannahende Polizeikommando richtete, und entfernte sich heimlich. Im ersten Restaurant, das an der Straße lag, setzte er sich und atmete ein wenig durch. Er rief Michel an.

»Dieuswalwe! Wie weit bist du?«

»Michel! Ruf vor allen Dingen Madame Baptiste an. Richte ihr aus, sie soll Mireya und Madame Excès weit aus Port-au-Prince wegbringen. Ich fürchte, dass man sich an meiner Tochter vergreift, um mich zu treffen. Ich gebe dir die Nummer.«

Er diktierte ihm die acht Ziffern.

»Ich rufe sie sofort an, Dieuswalwe«, beruhigte ihn Michel. »Das müsste ganz schnell gehen.«

»Ich habe Inspektor Vanour getroffen. Bei ihm wurden alle Spuren beseitigt. Erst gestern Abend waren brasilianische Soldaten in Begleitung haitianischer Polizisten bei ihm und haben das Haus ausgeräumt. Die Krankenschwester ist ermordet worden.

Ihre Telefonnummer nehmen wir uns jetzt vor. Ich hab sie im Verdacht, dass sie etwas mit der plötzlichen Verschlechterung von Vanours Zustand zu tun hat.«

»Was soll ich machen?«, fragte Michel.

»Vanour wollte mir etwas sagen. Er hat die folgenden Buchstaben auf ein Papier gekritzelt: C ... R ... A ... Z ... E ... R ... O.«

»CRAZERO! Das sagt mir nichts.«

»Mir auch nicht«, sagte Azémar. »Schau trotzdem in deinen Dateien nach. Also ... Was war das für eine Polizeirazzia bei dir?«

Michel seufzte.

»Da war eine wundervolle Bestie dabei. Ein Brasilianer mit einer Narbe auf der Stirn. Ich war hin und weg von ihm. Er wollte mich schlagen. ›Gib's zu! Azémar war bei dir! Wo ist er jetzt?‹, hat er gebrüllt. Ein animalischer Charme, diese Bestie! Ganz anders als Miguel. Ich war ganz außer mir. Er hat verstanden, dass mir das Vergnügen bereiten würde, und hat sich etwas beruhigt. Du warst tatsächlich bei mir, habe ich gesagt. Du schienst dich für den Selbstmord dieses brasilianischen Generals von der MINUSTAH zu interessieren.«

»Wie hat er reagiert?«

»Er wirkte verstört. Nicht nur meinetwegen. Ich habe mich bemüht, ihn zu beruhigen. Ich habe behauptet, ich hätte von deinen Fragen nichts verstanden. Du seist sofort geflohen, als die Polizei vor dem Gebäude angekommen ist, und hättest dabei geschworen, gewisse Leute zur Strecke zu bringen.«

»Hat er dir geglaubt?«

»Ich war überzeugend, Dieuswalwe. Die Bestie mit der Narbe hat sich auf den ersten Blick in mich verliebt.«

»Michel! Du denkst wirklich immer nur an das eine.«

»Du bist eine Bedrohung für diese Leute, Dieuswalwe. Der Wilde ist mit den anderen weggegangen. Wir sehen uns wieder, hat er versprochen.«

»Nun gut ... Im Moment bräuchte ich alle Anrufe, die bei einer bestimmten Nummer eingegangen sind.«

»Ich habe nicht alle Befugnisse, Dieuswalwe«, protestierte Michel.

»Du hast überall Zugang. Überall verzehren sich Männer aus Liebe zu dir … Sieh zu, wie du klarkommst, und zwar schnell.«

»Vielen Dank, dass du eine so hohe Meinung von mir hast. Ich kann dich nicht enttäuschen.«

Azémar gab seinem Freund die Telefonnummer.

»Vergiss nicht, wegen Mireya anzurufen. Das hat Vorrang.«

Der Inspektor beendete das Gespräch

*

Ein Kellner trat zu ihm. Er wagte es, ein Bier zu bestellen. Nur ein wenig Alkohol, um durchzuhalten. Das war kein großer Verstoß gegen seinen Entzug. Ein Bier, das war etwas ganz anderes als der *soro*. Der *soro* besaß einen bitteren Geschmack, eine Aggressivität, einen Ungestüm, eine Sinnlichkeit, die einzigartig waren. Der Kellner brachte ihm das Bier. Er trank einen Schluck und hatte gerade noch Zeit, zur Toilette zu stürzen, die sich glücklicherweise in der Nähe befand. Das Erbrechen war von schmerzhaften Magenkrämpfen begleitet. Er wischte sich mit ein wenig Wasser über das Gesicht, wobei er es vermied, sich im Spiegel anzuschauen, und kehrte an seinen Tisch zurück. Die Bierflasche stand herausfordernd vor ihm. Er rief den Kellner und bestellte ein Schinkensandwich: Er konnte sich nicht erinnern, wann er zum letzten Mal etwas gegessen hatte. Er dachte an Madame Excès. An seine Tochter Mireya. Waren sie in diesem Augenblick in Sicherheit? Diese Leute würden sich an ihr vergreifen, wenn er unauffindbar blieb. Der Boden schwankte unter seinen Füßen. Einmal mehr fühlte er sich allein, ohnmächtig, als zerbrechliches Boot auf offener See, den Elementen ausgeliefert. Er bat den Kellner, den Fernseher an der Wand einzuschalten und geriet mitten in die Nachrichten des Staatsfernsehens. Die Entführer verlangten fünf Millionen Dollar für die Freilassung des jungen Johnny Harras. So fängt es immer an, dachte Dieuswalwe Azémar. Anschließend würde sich ein Mindestpreis herauskristallisieren. Unter eine Million würde man nicht gehen. Der Fall Harras stank. Das Ganze sah nach einer Abrechnung mit einem Konkurrenten aus, in einem Land, in dem freie Konkurrenz nicht üblich war. Die Banden waren nur ausführende Organe.

Er dachte an seinen Freund Pierre Quartier. Die Entführer waren mit ihren Forderungen auf 40 000 Dollar heruntergegangen. Das war keine große Summe für Jacques Harras und Konsorten. Der Dichter und Journalist war bereit gewesen, ihr angebliches politisches Projekt im Staatsfernsehen zu präsentieren. Er hatte geglaubt, auf diese Weise für seine demokratischen Ideale einzutreten. Er hatte nichts begriffen. Hier war alles abgekartet. Er war zur Zielscheibe der anderen Gauner geworden, die von der Macht verdrängt worden waren. Man hatte ihn gefoltert. Dieuswalwe Azémar konnte sich vorstellen, was er von seinen Entführern zu hören bekommen hatte: »Kleines Dreckstück! Intellektueller Idiot! Du bist diesen reichen Leuten nicht mal 40 000 Dollar wert. Deine Freunde, deine echten Freunde, sammeln Geld, um deine Haut zu retten. Du bist ein kleiner Schwachkopf.« Was war anschließend geschehen? Jedenfalls war der Pierre Quartier, den er kannte, tot. Er spürte, wie ihm eine Träne ins Auge trat. Er hatte alles getan, um seinen Freund zu befreien. Es wäre ihm bestimmt gelungen, aber jemand hatte ihn verraten. Die Information über den Ort, an dem Pierre Quartier gefangen gehalten wurde, stimmte. Nur Minuten vor dem Zugriff hatten die Banditen ihn verlassen, um ihm einen Hinterhalt zu legen.

Das Telefon in seiner Hosentasche vibrierte. Er prüfte, von wem der Anruf kam. Es war Michel.

»Hast du schon die Liste der Anrufe auf der Nummer?«, fragte Azémar eilig.

»Nein«, sagte Michel. »Ein Bekannter von mir erledigt das Nötige. Du solltest dich mit jemandem treffen.«

»Ich höre«, murmelte er.

Er hatte eine schwere Zunge. Die Umrisse der Gegenstände um ihn herum verschwammen. Er fürchtete, sie könnten alle einen Haufen Viehzeug gebären.

»Sein Name ist Jean Guy. In der Nacht, in der der General angeblich Selbstmord begangen hat, gehörte er zum Sicherheitsdienst des Hotels. Ich hatte gerade ein interessantes Gespräch mit ihm.«

»Hat er eine Information, die mir weiterhelfen kann?«

»Sprich mit ihm. Du kannst ihm vertrauen. Das Hotel wurde vom Erdbeben zerstört, er ist der einzige Angestellte, der in dieser Sache als Zeuge aussagen kann. Er wohnt in einem Flüchtlingslager in Delmas 31, genannt Accra Süd. Er ist Fahrer für das Rote Kreuz, ich habe ihm diesen Job verschafft.«

Michel seufzte.

»Jean-Guy ist so ein süßer Junge.«

»Und wie finde ich deinen süßen Jungen?«

»Geh ins Lager und sag, dass du ihn sprechen möchtest. Jeder kennt ihn. Hier ist seine Telefonnummer.«

Azémar notierte.

»Geh rasch zu ihm«, riet ihm Michel.

Er bemerkte, dass Michels Stimme anders klang.

»Stimmt was nicht?«, fragte Azémar besorgt.

»Nein ... Ich mach mir Sorgen um dich, Dieuswalwe. Die Geschichte stinkt wirklich. Ich muss Schluss machen.«

Michel beendete das Gespräch. Warum legte sein Freund so großen Wert auf das Treffen mit diesem Jean-Guy? Im Fernsehen wurde die Personenbeschreibung von Inspektor Dieuswalwe Azémar ausgestrahlt, der wegen des Mordes an einer brasilianischen Staatsbürgerin gesucht wurde. Er war ohne seine übliche dunkle Brille zu sehen. Ein altes Foto! Jetzt hatte er keine Ähnlichkeit mehr damit. Von der Kur hatte er beträchtlich abgenommen. »Diese Idioten«, schäumte der Inspektor, »solche Trottel! Können nicht einmal ihren Job machen.« Man würde von dieser Fernsehmeldung seine Augen im Gedächtnis behalten, seinen unangenehmen, finsteren, fliehenden Blick, der seine Gesprächspartner immer in Verlegenheit brachte. Umso besser.

VII

Ein Motorradtaxi hatte den Inspektor zum Eingang des Lagers gebracht. In dieser Stadt mit ihren ständig verstopften Hauptachsen war das das schnellste, wenn auch nicht das sicherste Verkehrsmittel. Azémar war zum Schrecken der Motorradtaxisten geworden. Für gewöhnlich bezahlte er die Fahrten nicht und drohte aufsässigen Fahrern mit einem Arsenal an administrativen und polizeilichen Repressalien, denn diese hielten oft die Vorschriften nicht ein. Hätte jemand sein Erstaunen über ein solches Verhalten von ihm, dem als so integer, so unbestechlich geltenden Azémar, geäußert, dann hätte der Inspektor sich mit einer Pirouette aus der Affäre gezogen: »Wenn ich nicht ein paar Schattenseiten hätte, die übrigens im dienstlichen Interesse sind, denn ich habe keine Mittel zur Verfügung, dann wäre ich der perfekte Polizist, eine unglaubwürdige Gestalt. Kann unser Land sich das erlauben?« Kein Motorradtaxifahrer hatte gewagt, offiziell Anzeige zu erstatten. Azémar wusste freilich, dass seine Vorgesetzten ihn nicht mochten und verbissen ein Dossier gegen ihn zusammenstellten. Viele, Kommissar Dulourd allen voran, frohlockten über die ermordete Frau in seiner Wohnung. Das reichte. Eine seriöse Untersuchung würde es nicht geben.

Der Inspektor ging mit unsicherem Schritt die holprige, staubige Straße entlang, wobei er ständig eine Horde von Frauen und Männern vor sich hatte, die auf dem Weg zu einer evangelikalen Kirche unter freiem Himmel waren. Sie lag in der Nachbarschaft des Lagers und war Tag und Nacht sehr gut besucht. Die Sonne ließ ihren glühenden Speichel auf das seit dem Erdbeben noch geschundenere Land triefen, und die Menschen sangen Lobeshymnen auf Gott, als befänden sie sich in einem Paralleluniversum ohne all die Armut, ohne das Leid, das aus allem sprach. »Einen Tropfen *soro*«, stöhnte Azémar. »Alles für einen Tropfen *soro*.« Er erblickte den Eingang des Lagers. Er war schweißgebadet, das Herz kurz vor der Erschöpfung. Als er anhielt, um zu verschnaufen und einen leichten Schwindel zu bekämpfen, glaubte er zu sehen, wie eine riesige Tarantel zwischen zwei Zelten hindurchschlüpfte. Jetzt war nicht der Moment unterzugehen. Er rief eine Händlerin herbei, die Wasser in Plastiktüten anbot, kaufte eine und schluckte drei Tabletten auf einmal.

Im Schatten eines schmächtigen Zitronenbaums sah er einige Dominospieler. So weit das Auge reichte, wogten staubbedeckte Zelte im selben Takt unter der beißenden, trockenen Brise aus der Seenregion. Die Bewegung wurde begleitet von den Gesängen der Kirche, die aus der entgegengesetzten Richtung herüberklangen. Ein einzigartiges Schauspiel. So bald würden die Lager nicht abgebrochen, dachte Azémar betrübt. Sie waren zu weit von den Blicken der Leute entfernt.

Er wählte die Nummer von Michels Kontaktperson. Es wurde sofort abgenommen. Er sagte, wer er war. Sein Gesprächspartner, Jean-Guy, bat ihn zu warten. Er würde in fünf Minuten bei ihm sein. Die Dominospieler beobachteten ihn aus den Augenwinkeln, knallten dabei aber weiter ihre Holzstücke auf den Tisch. Die Anspannung hatte erst nachgelassen, als sie gehört hatten, wie der Inspektor den Namen Jean-Guy nannte. Hier war jedes unbekannte Gesicht sofort verdächtig. In den Lagern staute sich ein Groll an, der jeden Moment explodieren konnte. Die Lager waren bereits die Hölle der nächsten Vergessenen, der neuen Zurückgelassenen. Hier würde man das Feuer und den Hass suchen, die für die Scheinumwälzungen notwendig waren, für die Inthronisierung der neuen Monster, die sich auf dem Altar des Vaterlandes vollfressen wollten. »Es ist schlimmer als in meinen Halluzinationen«, jammerte der Inspektor.

Jean-Guy kam allein in einem T-Shirt mit dem Zeichen des Roten Kreuzes. Er reichte dem Inspektor wortlos die Hand und bedeutete ihm dann, ihm in ein als Schule eingerichtetes Zelt zu folgen. Es standen Bänke darin, und auf einer Metalltafel waren in sorgfältig ausgerichteten Spalten Namen und Daten verzeichnet. Azémar ließ sich, niedergedrückt von der Hitze, auf die erstbeste Bank fallen. Michels Freund setzte sich ihm gegenüber.

»Ich habe nicht viel Zeit«, sagte Jean-Guy dem Polizisten. »Michel hat auf dieses Treffen bestanden.«

Er war verlegen, unsicher und hatte es eilig, zum Ende zu kommen.

»Sie hatten Dienst an dem Abend, an dem General Racelba sich umgebracht hat?«, fragte Azémar.

»Ja, das habe ich Ihrem Freund gesagt.«

»Haben Sie mir etwas zu sagen?«

»Ein Detail, das mir später eingefallen ist. Als ich zum ersten Mal mit Michel gesprochen habe, habe ich mich nicht daran erinnert. Damals hatte ich Angst. Ich hatte ihn gerade erst getroffen.«

»Was ist es denn?«

»Die Polizisten sind fast im selben Moment, in dem sie gerufen wurden, im Hotel angekommen. Da waren sie zu viert. Drei sind in die Wohnung des Generals gerannt. Ein Kommissar mit zwei Wachtmeistern. Geschniegelt und gebürstet in ihren Uniformen, als ging's zu einer besonderen Zeremonie.«

»Und dann?«

»Als sie wieder heruntergekommen sind, waren es nicht mehr drei, sondern vier.«

»Wie, vier?«

»Zunächst habe ich nicht besonders darauf geachtet. Bei einem war der Anzug nicht in Ordnung.«

»Erklären Sie sich«, insistierte Azémar.

»Ich hab's Ihnen schon gesagt. Die Uniformen von den drei anderen waren tadellos, aber die von dem vierten Polizisten saß absolut nicht.«

»Wie bei jemandem, der hastig eine Uniform überzieht, die ihm nicht passt.«

»Genau«, sagte Jean-Guy.

Er sah Inspektor Azémar aufmerksamer an.

»Können Sie mal Ihre Brille abnehmen?«

Azémar nahm sie ab. Es tat ihm gut. Es war, als zöge er eine zweite Haut aus, einen gelegentlich schwer zu tragenden Panzer.

»Also so was, ich fasse es nicht«, stammelte Jean-Guy.

»Was erstaunt Sie so?«, fragte Azémar mit klopfendem Herzen in Erwartung einer schmerzlichen Enthüllung.

»Nicht ... Nichts ... Ich bin müde ... Der Stress.«

Jean-Guy stand hastig auf. Er wirkte verschreckt.

»Wenn ich Michel nicht vertrauen würde, dann hätte ich nicht mit Ihnen geredet. Bitte, vergessen Sie mich. Ich sage niemandem was, ich schwör's Ihnen. Ich habe eine Frau und Kinder.«

Azémar packte ihn an der Kehle.

»Wer war diese Person?«, brüllte er.

Tränen rannen über Jean-Guys Gesicht. Er urinierte vor Angst in die Hose.

»Ich bitte Sie ... Ich schweige ... Erbarmen.«

»Wer war das?«, beharrte Azémar noch drohender.

»Das waren Sie«, schluchzte Jean-Guy verstört. »Erbarmen. Lieber schneide ich mir die Zunge ab, als dass ich etwas sage.«

Azémar ließ ihn los. Er hatte gerade einen Uppercut mitten ins Gesicht erhalten. Jean-Guy floh aus dem Zelt und ließ ihn allein. Der Inspektor hatte Mühe aufzustehen. Seine Beine schlotterten. Die Gedanken schossen in einem ungeordneten Feuerwerk durch seinen Kopf. War er, ohne es zu wissen, der Mittelpunkt eines finsteren Komplotts gewesen? Er setzte seine dunkle Brille wieder auf und verließ seinerseits das Zelt. In der nahe gelegenen Kirche kläffte ein Pastor, seine Schreie wurden von starken Lautsprechern weitergetragen. Die versammelten Gläubigen wiederholten sie in kollektiver Trance als Echo. Ein Windstoß wirbelte auf dem Feld eine dunkle Staubwolke auf. Er hustete herzzerreißend. Die Erde auf seinen Lippen roch nach Fäkalien. Ein Brechreiz überkam ihn. Er sah, wie seine rechte Hand sich in ein verwesendes, von Würmern wimmelndes Anhängsel verwandelte. In einer plötzlichen Anwandlung des Wahnsinns wollte er sie sich abreißen und hätte etwas nicht Wiedergutzumachendes begangen, wenn er eine Axt oder eine Machete zur Hand gehabt hätte. Er hatte getötet mit dieser Hand, für eine bestimmte Vorstellung von Gerechtigkeit, damit Mörder nicht mehr weiter Unschuldigen das Leben nahmen, Unschuldigen, für die es keinen Schutz gab in diesem Land, das dem Lumpenpack mit gebundenen Händen und Füßen ausgeliefert war. Aber niemals hatte er einen anständigen Menschen, einen Menschen mit Herz getötet. Auch wenn er es nicht gewollt hatte, auch wenn es ihm nicht bewusst war, seine Hand war zur Hand der Finsternis, zur Hand des Bösen geworden. Seine Hand nahm ihre Gestalt wieder an, aber sie juckte so stark, dass er zu einem Baum rannte, um sie am rauen Stamm zu scheuern. Er verletzte sich dabei am Handrücken. Er hörte auf zu reiben, als das Telefon klingelte. Der Juckreiz verschwand. Seine Hand war heiß, als hätte er sie gerade in einen Ofen gesteckt. Er nahm das Telefon und beschloss, sich für einen Augenblick an einem Autowrack anzulehnen. Er weinte. Die Tränen hatten sich durch den Staub auf seinem Gesicht in Schlamm verwandelt. Nackte, magere Kinder mit aufgeblähten Bäuchen sahen ihn und zeigten lachend mit dem Finger auf ihn. Er dachte trotz allem daran, einen prüfenden Blick in die Runde zu werfen. Hier konnte ihm ein Gauner den Apparat entreißen, eine sehr begehrte Marke.

»Ich habe eine schlechte Nachricht«, sagte Michel mit düsterer Stimme.

Die Erde unter den Füßen des Inspektors drehte sich.

»Madame Baptiste hat mich gerade zurückgerufen. Mireya und Madame Excès sind verschwunden.«

»Wie sind sie verschwunden?«, hörte er sich sagen.

»Heute Morgen sind Männer in zwei Jeeps ohne Nummernschilder gekommen und haben das Haus gestürmt. Sie waren schwer bewaffnet. Niemand konnte reagieren.«

Ein schwarzer Schleier legte sich vor seine Augen. Für zwei oder drei Sekunden versank er in eine Art Bewusstlosigkeit und verlor das Gleichgewicht wie ein Trunkenbold, der glaubt, eine Stufe vor sich zu haben, und danebentritt. Er fiel der Länge nach auf den staubigen Pfad und erhob sich unter den schockierten Blicken dreier alter Frauen, die auf dem Weg zur nahegelegenen Kirche waren und ihn für einen Alkoholiker hielten, den sein Getränk und die Hitze niedergestreckt hatten.

»Dieuswalwe!«, rief Michel am Telefon. »Geht's dir gut?«

»Geht schon«, brachte er heraus.

»In deinem Zustand kannst du nicht weitermachen. Obendrein bist du verletzt.«

»Ich komme klar«, sagte Azémar. »Konnte jemand die Männer identifizieren?«

»Madame Baptiste hat nur von dem Mann mit dem Schmiss und dem ausländischen Akzent gesprochen.«

»Ich muss mich beeilen«, stöhnte Azémar. »Sie wollen mich um jeden Preis. Hast du etwas über Vanour herausgefunden?«

»Treffen wir uns um achtzehn Uhr«, schlug Michel vor. »Ich brauche noch etwas Zeit.«

Sein Freund gab ihm eine Adresse in einem relativ ruhigen Viertel, sicherlich, um eine mögliche Beschattung besser zu vereiteln und verdächtige Personen leichter zu entdecken. Dieuswalwe Azémar beendete das Gespräch.

*

Er rief Sonia an. Vorsichtshalber hatte er sich ihre Nummer gemerkt, bevor er sie am Morgen verlassen hatte. Im Moment konnte nur sie ihm helfen. Er erklärte ihr die Lage. Dreißig Minuten später kam sie auf einem Motorrad an. Sie beruhigte den Inspektor: Der Fahrer war ein vertrauenswürdiger Mann. Sie hatte einen Kanister kaltes Wasser mitgebracht, das sie dem Inspektor über den Kopf goss. Anschließend wischte sie sein Gesicht mit etwas alkoholischer Kampferlösung ab.

»Du bist verrückt«, sagte Sonia, als er ihr mitteilte, was er vorhatte.

Sie war dennoch bereit, ihn ans andere Ende der Stadt zu begleiten. Azémar hatte dem Fahrer empfohlen, die Punkte zu meiden, an denen die Polizei häufig kontrollierte. Motorradtaxis waren als bevorzugtes Verkehrsmittel der Gangster besonders betroffen. Der Inspektor wunderte sich selbst, wie einfach er sich bewegen konnte, obwohl er doch sowohl von der Polizei als auch von den UNO-Kräften gesucht wurde. Er hatte nun einen besseren Eindruck von der relativen Leichtigkeit, mit der Banditen in dieser Stadt operieren konnten, in der für die öffentliche Sicherheit kaum etwas getan wurde.

Das Motorradtaxi setzte sie an einem der Eingänge eines Viertels ab, das einen der einstmals grünen Hügel im Südwesten der Hauptstadt mit seinem Aussatz aus Beton überzog. Sonia stützte den Polizisten, als er vom Motorrad stieg. Sie schlugen anschließend einen langen schlammigen Pfad ein, der ins Herz des Slums führte. Als Azémar diesen Weg zum letzten Mal gegangen war, hatte er auch schon die Hilfe Landengs gesucht, eines als gefährlich geltenden *bòkò**. Eine Episode in seiner Laufbahn, auf die er nicht besonders stolz war. Und nun klopfte er erneut an dieselbe Tür, aber diesmal, so sagte er sich, damit sein Gewissen keine schmerzhaften Kapriolen schlug, aus einem ganz anderen Grund. Landeng öffnete selbst. Er hatte sich nicht verändert. Immer noch so fett in seiner rosa Leinenhose und seinem ewigen kurzärmligen Hemdchen über dem runden Bauch.

»Jemand möchte dich sprechen«, sagte Sonia zu ihm.

Azémar hatte sich etwas im Hintergrund gehalten.

»Wer?«, fragte der stets argwöhnische *bòkò*.

»Ich«, sagte Dieuswalwe Azémar.

Er hatte genug Energie, um auf den Magier zuzugehen und einem Manöver von ihm zuvorzukommen, indem er ihn mit seiner Waffe bedrohte.

»Das wird ja langsam zur Gewohnheit«, blaffte Landeng. »Ich habe meinen Vertrag letztes Mal erfüllt.«

»Du warst es, der gesagt hat, dass ich nun zu den Truppen der Hölle gehöre. Hier bin ich! Ich brauche dich.«

»Wozu?«, fragte der *bòkò*.

Sonia antwortete.

»Er ist krank. Er braucht seine Kräfte, um seine Tochter zurückzuholen, die entführt wurde.«

»Er kann zu einem Arzt gehen«, gab Landeng zurück.

»Lass die Spielchen«, grollte Azémar. »Ich will wenigstens drei Tage durchhalten. Gib mir etwas, um meine Arme wieder kräftig und meinen Geist etwas klarer zu machen.«

»Wer sagt mir, dass ich das kann?«, fragte Landeng und hob in einer mutlosen Gebärde die Arme zum Himmel.

Azémar lud seine Waffe durch.

»Entweder machst du's, oder ich schieße dich über den Haufen. Ich habe da keine Skrupel, ich kann sonstwas erzählen.«

»Du wirst von der Polizei gesucht«, bemerkte Landeng, »das weiß ich.«

»Und zwar wegen einer äußerst wichtigen Sache«, fügte Azémar hinzu. »Glaubst du, sie interessieren sich für deine elende Person, wenn ich dich jetzt töte?«

»Ich bin nicht so elend, wie du behauptest, denn du brauchst mich ja«, protestierte Landeng. »Ist gut, ich gebe dir etwas.«

Eine Grimasse, die ein Lächeln sein sollte, kräuselte die Lippen des *bòkò*.

»Ich kann dir einen *garde* einnähen. Aber ich warne dich, bei dieser Art von Geistern weiß man nie.«

»Ich hab's eilig«, sagte Azémar mühsam. »Tu, was du zu tun hast. Ich muss meine Tochter wiederfinden.«

»Ich brauche wohl erst gar nicht zu sagen, was es kostet«, bemerkte der *bòkò* kokett.

»Du wurdest nie behelligt«, erinnerte ihn der Inspektor. »Wenn du weiter in Ruhe gelassen werden willst, dann fang mit der Arbeit an.«

»Kommt«, sagte der *bòkò*.

Er führte sie in ein niedriges Zimmer. An der Wand stand ein Bett. Er bat Azémar, sich daraufzulegen. Der Polizist zog es vor zu sitzen, um den *bòkò* im Auge zu behalten. Dieser kramte in einer Art Amphore in einer dunklen Ecke des Raums und entnahm ihr ein winziges Amulett, nicht größer als ein Centimestück. Er bat Azémar, den Ärmel aufzukrempeln.

»Es wird weh tun«, warnte er.

Sonia bekreuzigte sich. Der *bòkò* machte mit einer Rasierklinge einen Einschnitt, hob ein Stück Haut an und schob das Amulett in das Fleisch. Der Inspektor hatte das Gefühl, dass man ihm eine glühende Kohle unter die Haut pflanzte. Anschließend vernähte der *bòkò* die Wunde mit einer Nadel und etwas Faden, wobei er in einem unbekannten Dialekt rituelle Formen aufsagte. Der Inspektor atmete schneller. Er hatte eine furchtbare Vision. Eine Hand mit einer Machete enthauptete eine kniende Frau. Der Kopf rollte zu seinen Füßen. Mit einem Schrei kam er wieder zu sich. Seine Müdigkeit war verschwunden. Er spürte keinen Schmerz.

»Erledigt«, sagte der *bòkò*.

»Was für einen *garde* hast du eingesetzt?«, fragte Sonia.

»Er wollte einen *garde* für drei Tage. Ich habe meinen Auftrag erfüllt.«

»Kann er ihn nachher entfernen?«

»Ich weiß es nicht«, antwortete Landeng.

Azémars Hand schnellte vor und packte den Magier an der Kehle.

»Was heißt das, du weißt es nicht?«

»Du hast gesagt einen *garde* für drei Tage. Ich hatte nur diesen hier. Er lässt sich nicht leicht entfernen. Es ist ein anonymer *garde*. Sein Name ist nicht bekannt, aber seine Wirksamkeit ist garantiert.«

»Scheiße!«, fluchte der Inspektor.

Er ließ den Magier los. Im Moment war nur seine Tochter wichtig.

»Wenn etwas nicht stimmt, komme ich wieder«, warnte er.

»Du kennst mich, Inspektor«, protestierte Landeng. »Bei mir bist du in guten Händen. Dein *garde* wird so funktionieren, wie du willst.«

»Gehen wir«, sagte Azémar zu Sonia. »Wir haben hier nichts mehr zu schaffen.«

Mit einem befriedigten Leuchten in den Augen sah der *bòkò* zu, wie sie sich entfernten.

*

Dieuswalwe Azémar kam dreißig Minuten vor der Zeit am verabredeten Ort an. Um die Zeit herumzubringen und sich zu vergewissern, dass kein Hinterhalt gelegt war, spazierte er durch die nahen Straßen. Er hatte den unsicheren Gang eines Greises angenommen. In seiner Jugend hatte er Schauspielunterricht genommen. Das kam ihm manchmal zugute, wenn er eine Person spielen, gewisse Blicke täuschen wollte. Er hörte, wie eine Gruppe von jungen Leuten auf einer Bank auf einem winzigen öffentlichen Platz über die Großtat des Bandenchefs Raskolnikow diskutierte. Dieser hatte einen Lastwagenkonvoi mit Waren aus der Dominikanischen Republik in seine Gewalt gebracht. Er hatte die Fahrzeuge in die Slums von Cité Soleil dirigiert und dort vor der Nase der Polizisten, die nicht einzugreifen gewagt hatten, alles an die Bevölkerung verteilt. »Der Subcomandate Marcos hält sich auch noch für Robin Hood«, dachte Dieuswalwe Azémar. »Wie viele Seelen müssen zerstört werden, damit dieses Land satt wird?«

Er vergewisserte sich noch einmal, dass sich in der Nähe der Bar kein Ordnungshüter in Zivil oder in Uniform befand. Keine sonstige verdächtige Person. Er fühlte sich besser. Weit besser! Eine neue Kraft durchströmte seine Adern. War das der *garde*, den ihm Landeng eingenäht hatte? Einen Augenblick lang bereute er es, auf die Dienste des Magiers zurückgegriffen zu haben. Er besänftigte sein Gewissen mit dem Gedanken, dass er keine Wahl gehabt hatte. Er sah Michel ankommen und wartete, bis sein Freund eingetreten war und sich an einen Tisch gesetzt hatte. Niemand war ihm gefolgt, der Weg war frei. Er wartete noch einen Moment, betrat dann seinerseits die Bar und setzte sich dem Informatiker gegenüber.

»Was hast du erfahren?«, fragte ihn Michel ohne Vorrede.

Dieuswalwe Azémar wischte sich das Gesicht mit einer Serviette ab.

»Du kannst nicht wissen, wie das ist, wenn du erfährst, dass du einen Unschuldigen getötet hast. Der General und ich waren vom gleichen Schlag, Michel.«

Der Inspektor atmete tief ein. Seine Hände klammerte sich so fest um den Rand des Tisches, dass die Gelenke knackten. Er wollte in der Bar nicht schreien, um keine Aufmerksamkeit zu erregen.

»Sie haben mich mit dem Siegel des Tieres gezeichnet.«

Sein Freund legte beide Hände auf seine und sah ihm gerade in die Augen.

»Dieuswalwe! Du warst nicht du selbst.«

»Es war meine Hand!«, grollte der Inspektor und schwenkte sie vor dem Gesicht seines Freundes. »Diese Hand! Wie soll ich weiterleben in dem Bewusstsein, was ich getan habe?«

»Du musst leben, Dieuswalwe.«

Dieuswalwe Azémar verharrte einen Moment schweigend mit gesenktem Kopf.

»Ich habe General Racelba ermordet, Michel. Solon hat mich vom Tatort weggebracht.«

»Was willst du tun?«

»Ich will alles verstehen. Herausfinden, wer die Mörder sind. Sie werden Mireya vorerst nicht anrühren. Das ist ihr einziges

Mittel, mich zu kriegen, eine Tauschwährung. Mein Vorteil: Sie wissen nicht, was ich weiß. Aber meine Zeit ist knapp.«

Er wischte sich mit dem Hemdsärmel den Schweiß vom Gesicht.

»Die Intrige hat ihr Ziel erreicht: einen General der Vereinten Nationen zu ermorden. Ich war das ideale ausführende Organ. Alkoholiker, vollkommen durcheinander durch meinen fehlgeschlagenen Versuch, Pierre Quartier zu befreien. Ich hatte allen Grund der Welt, dem General böse zu sein. Die Gangster haben mich unter Feuer genommen, seine Truppen waren in Schussweite und haben sich nicht gerührt. Ich habe vier Freunde verloren, allesamt sehr wertvolle Polizisten.«

»Warum hat man dich dann nicht am Tatort festgenommen? Wenn ich richtig verstehe, dann hat Kommissar Solon dich in der Wohnung des Generals gefunden. Und die zweite Frage: Warum bist du nicht geflohen? Du hattest die Zeit dazu. Was genau hatte Kommissar Solon mit all dem zu tun? Er musste in das Komplott eingeweiht sein, denn er war zu schnell am Tatort. Er bringt dich weg, indem er dich rasch eine Uniform anziehen lässt, die er vorsorglich mitgebracht hat. Ein Videoüberwachungsapparat hat alles gefilmt. Leute hatten den Film in Händen. Dennoch, bis zu Amanda Racelbas Ankunft in Haiti wurdest du nie behelligt. Eines ist sicher: Kommissar Solon hat dich gerettet. Er hat dem Komplott eine andere Gestalt aufgezwungen, die des Selbstmords. Warum?«

»Ich weiß es nicht. Aber das passt zum Profil von meinem Freund. Immer zwischen zwei Stühlen. Er wusste von der Intrige. Von Anfang an oder ist er erst später dazugestoßen? Wir wissen es nicht. Fest steht nur, dass er mit seiner plumpen Selbstmordinszenierung das Risiko eingegangen ist, dass alles schiefgeht.«

»In der Tat eine miserable Inszenierung«, räumte Michel ein. »Ein General bringt sich nicht ohne Grund im Pyjama um. Und außerdem, das habe ich irgendwo in seiner Akte gelesen, war er überzeugter Christ, sogar ein Fundamentalist, eifriges Mitglied der charismatischen Bewegung. Selbstmord zu begehen, hieß für ihn, seinen ganzen Glauben zu negieren, der sichere Weg zur Verdammnis. Das Kaliber der Kugel, die ihn getötet hat, passt nicht zu der Waffe, die man ihm in die rechte Hand gedrückt hat.

Ein weiteres wichtiges Detail: Er war Linkshänder.«

»Solon hat es eilig. Vielleicht tut er es auch mit Absicht. Hätte man mich wie vorgesehen gefasst, wäre alles vollbracht gewesen. Aber wenn man all diese Einzelheiten berücksichtigt, ist eine vertiefte Untersuchung nötig. Es sind immerhin die Vereinten Nationen. Jede Menge Leute drohen in das Komplott hineingezogen zu werden. Die Wahlen sind nah. Die Präsenz des UNO-Kontingents vor Ort soll nicht in Frage gestellt werden. Mit allen möglichen krummen Geschäften werden legal und illegal Millionen bewegt. Die Selbstmordthese wird daher eilfertig übernommen.«

»Bis ein ehemaliger Adjutant des Generals, der an Krebs im Endstadium leidet, Racelbas Tochter ein Dokument übergibt. Er war am Komplott beteiligt und hat vermutlich Gewissensbisse.«

»Alles gerät in Panik. Amanda Racelba ist es nicht gelungen, mich zu töten, aber sie hat mich wieder ins Spiel gebracht. Jetzt muss ich mich beeilen, alles aufzuklären. Nur so kann ich Mireya retten.«

»Wir haben noch nicht über den Grund für das Komplott gesprochen.«

»Der General wollte eingreifen, um die sogenannten rechtsfreien Viertel von der Plage der Gangs zu befreien. Er hat in mehreren brasilianischen Städten Krieg gegen die Banden geführt. Er steht politisch rechts. Die brasilianische Regierung mit einem erklärtermaßen linken Präsidenten schickt ihn nach Haiti, um ihn loszuwerden. Dort, so glaubt man, sind ihm die Hände gebunden. Die Agenda der ausländischen Kräfte in Haiti ist ziemlich vage. Der General, einer der besten Leute der brasilianischen Armee, will rasch gegen gewisse Elemente seiner eigenen Einheiten durchgreifen, die ihre Anwesenheit im Land als Gelegenheit betrachten, sich zu bereichern. Waffenschmuggel, Drogen. An den Entführungen beteiligt man sich nicht direkt, aber man nimmt Schutzgeld von den Kidnappern und verschließt dafür vor ihrem Tun die Augen. Die, gegen die der General vorgehen will, sind jedoch schneller.«

»Das ergibt Sinn«, sagte Michel.

Er bestellte ein Bier. Dieuswalwe begnügte sich mit einem Hamburger und einer Cola. Trug seine Kur Früchte?

»Was hast du für mich?«, fragte der Inspektor.

»Die Krankenschwester hat in den letzten vier Tagen etwa fünfzig Anrufe getätigt und ebenso viele empfangen. Ich habe die Liste der Nummern und die Personen, zu denen sie gehören.«

Er reichte dem Inspektor drei zusammengeklammerte Seiten.

»Nichts, was direkt oder weitläufig mit dem brasilianischen Kontingent in Haiti oder den Vereinten Nationen zusammenhängt. Ich habe alles genau untersucht. Einige Nummern kehren öfters wieder, aber das hat nichts zu bedeuten. Patienten. Die Klinik, in der sie gearbeitet hat.«

»Komisch«, bemerkte der Inspektor. »Ich erkenne zwei Nummern, die mehrmals benutzt wurden. Mein Beruf zwingt mich, mir Telefonnummern zu merken. Diese beiden Nummern gehören zu einem bedeutenden Unternehmen: Ennberg. Vor ein paar Monaten haben wir diese Nummern abgehört, nachdem drei Angestellte von Ennberg in eine Affäre mit geschmuggelten Fahrzeugen verwickelt waren. Das Präsidium hat nach Druck von oben die Ermittlungen eingestellt. Das hat vielleicht nichts mit unserem Fall zu tun, aber wir dürfen nichts vernachlässigen. Vielleicht hat sie jemanden gekannt, der für Ennberg Entreprise gearbeitet hat. Wir müssen jeder Spur folgen.«

»Da gibt es einen komischen Zufall«, sagte Michel erregt. »Zuerst habe ich nichts über CRAZERO gefunden. Ich habe mir gesagt, dass Vanour seine Hand nicht mehr kontrollieren konnte. Es war ein Versuch zu kommunizieren. Deine Anwesenheit hat etwas in ihm ausgelöst. In solchen Augenblicken konzentriert sich das Bewusstsein auf einen lebenswichtigen Punkt, eine wesentliche Information. Ich habe mit den Buchstaben gespielt, die denen, die Vanour geschrieben hat, am ähnlichsten sind. So konnte das C die Hälfte von einem S sein. Das Z konnte eigentlich ein R sein. Das R ein A oder ein K. In meiner Datenbank bin ich auf SRAREKO gestoßen.«

»SRAREKO! Was ist das?«

»Wer ist das ... Ein brasilianischer Militärarzt, spezialisiert auf Behandlungen mit Psychopharmaka für, sagen wir, psychisch verletzte Kombattanten. Er hat zwei Abhandlungen über den Einsatz von Hypnose bei der Behandlung der Psychotraumata von Soldaten geschrieben, die unter besonders schweren Bedingungen kämpfen mussten. Im Auftrag der amerikanischen Armee hat er mehrere Monate lang Golfkriegsteilnehmer behandelt, die an psychischen Störungen litten.«

»Was hat er mit meiner Geschichte zu tun?«

»Er hat vor deiner ersten Kur in Haiti Dienst getan. Rate mal, mit wem er gearbeitet hat: Vanour. Als er wieder zurück in Brasilien war, wurde er trotz seines ziemlich beeindruckenden Lebenslaufs aus der Armee entlassen, weil er in mehrere Finanzskandale verwickelt war. Er verbringt seine Zeit im Casino, er ist ein Spieler. In Brasilien wird's für ihn zu gefährlich, er kehrt nach Haiti zurück und wird von einer Firma eingestellt, die auf Import-Export und auf den Verkauf neuer und gebrauchter Fahrzeuge spezialisiert ist.«

»Ennberg Entreprise«, sagte Dieuswalwe Azémar.

Er fuhr sich mit der Hand übers Gesicht, um die beginnende Schläfrigkeit zu vertreiben. Er war müde. Alles ging so schnell, zu schnell.

»Worauf lassen wir uns da ein?«, jammerte Azémar. »Hast du ein Foto von Srareko?«

Michel holte eine Fotografie aus der Tasche und reichte sie dem Inspektor. Ein Mann von weißer Rasse mit massigen Gesichtszügen, einem Unterkiefer wie ein Ochse, kahlem Schädel und bartlosem Gesicht. In seinem Blick lag ein ungesunder Glanz. Azémar untersuchte das Gesicht gründlich. Er versuchte, eine Erinnerung zu erfassen. Eine Stimme! Sprach sie brasilianisch oder französisch? Ein Lied? Ein Wiegenlied? Ein Befehl, der in seinem Kopf knallte wie die Peitsche, die den Rücken eines Sklaven zerschneidet. Er dachte an die Zombies, die von den Treibern nachts zu den Plantagen geführt wurden, wo sie als lebenslange Zwangsarbeiter ihre Strafe verbüßten.

»Das ist vielleicht der Schlüssel zu der ganzen Geschichte«, sagte Azémar.

Michel legte seine Hand auf den Arm seines Freundes.

»Wirst du fähig sein weiterzumachen, Dieuswalwe? Du siehst nicht gut aus.«

»Für Mireya, ich habe keine Wahl«, antwortete der Polizist.

Er würde seinen Freund nicht über seinen Ausflug zu Landeng aufklären.

»Wo kann ich Srareko aufstöbern?«

Michel seufzte.

»Er ist spielsüchtig. Ich weiß, wo du ihn finden kannst.«

Er holte ein Paket hervor, das er unter seinem Hemd versteckt hatte, legte es auf den Tisch und schob es zum Inspektor hinüber.

»Madame Baptiste war so klug, mir dein Spielzeug zu bringen ... Mit den Magazinen.«

»Meine Beretta!«, rief Dieuswalwe Azémar aus.

Er streichelte die Waffe unter dem Plastik. Die Berührung fühlte sich für ihn seltsam sinnlich an. Sie flößte ihm eine andere Energie ein. Michel erschauerte. Da war etwas Neues an seinem Freund. Etwas, das er weder erklären noch definieren konnte. Der Ausgang eines so ungleichen Kampfes war nicht mit Sicherheit vorauszusehen, aber diejenigen, die geglaubt hatten, sie könnten den kranken Löwen leicht zur Strecke bringen, würden teuer dafür bezahlen.

VIII

Kommissar Dulourd schnippte den Zahnstocher, mit dem er einen hohlen Backenzahn erleichtert hatte, in den Papierkorb. Diesen ließ zu festen Zeiten leeren. Als Sauberkeitsfanatiker duldete er keinen Fleck auf seiner faltenfreien Uniform. Er ließ sich jedes Wochenende in einem Schönheitsstudio maniküren und brachte dazu seine eigenen Instrumente mit, die er zuvor selbst desinfiziert hatte. Seine Kollegen sahen ihn gelegentlich schräg an, denn wer so manieriert war, trieb sich möglicherweise auch am anderen Ufer herum, seine engen Freunde wussten jedoch von einer beeindruckenden Zahl weiblicher Eroberungen zu berichten. Er war also am eigenen Geschlecht nicht interessiert, er war einfach von Geburt an so. Dreck und Unordnung waren ihm zuwider. Dagegen fühlte er sich im moralischen Gestank wohl, in der Welt der ekelhaften Winkelzüge, der Mogeleien und feigen Kompromisse. Der Kriechgang barg nur eine Gefahr: Der Boden war oft mit Scheißhaufen übersät. Kommissar Dulourd wies nahestehende Personen gern auf sein Talent hin, anmutig und souverän durch den moralischen Morast zu schwimmen, um, wie er es mit den Worten eines zweimal gestürzten ehemaligen Präsidenten ausdrückte, für Frieden in seinem Bauch und seinem Kopf zu sorgen. »*La pè nan vant, la pè nan tèt**«, hatte der ehemalige Priester der Slums gesagt, für den er tiefe Bewunderung bekundete. Kommissar Dulourd hatte Frieden in seinem Bauch. Er war reich. Auch in seinem Kopf herrschte Frieden, denn er war intelligent und diskret. Er stellte seinen Erfolg nicht zur Schau. Auf diese Weise war er allen Untersuchungen über Fälle von unrechtmäßiger Bereicherung innerhalb der Polizei entgangen. Diese Untersuchungen interessierten nur die ausländischen Trottel, die alle mit ihrem Demokratie- und Menschenrechtstick nervten.

An diesem Morgen war er sehr zornig. Nachdem er zugestimmt hatte, Kommissar Solon, einen Freund, zu ersetzen, hatte er versucht, sich im Präsidium die absolute und ständige Kontrolle zu sichern. Es war ihm gelungen, das einzige unkontrollierbare

Element, Inspektor Dieuswalwe Azémar, aus dem Weg zu räumen, indem er ihn zu einer Entziehungskur gezwungen hatte. Dieser Inspektor, eine lebende Legende wegen der zahlreichen Fälle, die er als Einziger hatte lösen können, und wegen seines unverbesserlichen Alkoholismus, hatte trotz seiner unbestreitbaren Intelligenz und seiner Ehrlichkeit zu viele dunkle Seiten. Sein Friede drohte wegen dieser zweifelhaften Persönlichkeit gestört zu werden. Trübe Elemente des UN-Militärkontingents hatten ihn nachts auf dem Heimweg abgefangen und ihn mit vorgehaltener Waffe gezwungen, zu sagen, wo der Inspektor war. Er fühlte die Beleidigung immer noch. Korrupt aber Nationalist! In Azémars Wohnung war die Leiche einer brasilianischen Staatsbürgerin gefunden worden. Der Tochter eines Generals, Kommandant der UN-Kräfte in Haiti, der sich vor sechs Jahren das Leben genommen hatte. Ausgemachtes Pech! Er hatte die Fotos des Mädchens gesehen, und er hatte die Leiche gesehen. Diese Brasilianerin war von überwältigender Schönheit. Eine solche Frau sucht nicht ohne Grund einen Säufer wie Azémar auf. Es war nicht möglich, dass der Inspektor das Mädchen in seiner Wohnung ermordet hatte und dann unter Zurücklassung aller Beweise gegen ihn geflohen war. Zu solchen Fehlern hielt Dulourd Dieuswalwe Azémar nicht für fähig, auch nicht in seinem geschwächten Zustand.

Was ihn beunruhigte, waren die Leute von der MINUSTAH, insbesondere die Brasilianer, die im Präsidium ein und ausgingen. Ein äußerst arroganter Oberst war gekommen und hatte ihn ausgiebig über Inspektor Azémar ausgefragt. Ohne ihn auch nur um Erlaubnis zu fragen, hatte man in Dieuswalwe Azémars Büro herumgestöbert, die Schubladen ausgeleert und sogar in den leeren Schnapsflaschen, die dabei entdeckt worden waren, nach verborgenen Gegenständen gesucht. Die Brasilianer interessierten sich auch für die Fälle, die seinerzeit von Kommissar Solon bearbeitet worden waren. Drei Soldaten hatten ordnerweise Dokumente in einen Militärlastwagen im Hof verladen. Dulourd hatte wortlos und mit Wut im Bauch zugesehen, wie sie das Unterste zuoberst kehrten. Er konnte es nicht ausstehen, wenn man ihn wie Dreck behandelte. Sein Gehirn kochte. Um Frieden im Kopf zu haben, musste man hinterhältige Angriffe voraussehen, Kurven auf der Ideallinie nehmen und dem Feind in seinen Plänen immer voraus sein. Er hatte auf den brasilianischen Oberst einen guten Eindruck gemacht, war vor dem Offizier gekrochen und hatte sich seinen sämtlichen Wünschen eilfertig gefügt. Welche Verbindung bestand zwischen der Ermordung Amanda Racelbas in Azémars Wohnung und Kommissar Solon? Was hatte sie beim Inspektor zu suchen gehabt? Wo war der Letztere? Die Brasilianer waren nicht nur wegen des Mordes an der Generalstochter beunruhigt, da war noch mehr.

Kommissar Dulourd rief Wachtmeister Celuri, einen Mann, der ihm vollkommen ergeben war, da er wusste, dass seine Zukunft von der Karriere seines Chefs abhing. Dulourd besaß ein explosives Dossier über Celuri. In Cité Soleil, dem Revier dieses Beamten, waren drei Polizisten aus einem Fenster gestürzt. Auf diese Weise sicherte sich Dulourd die Treue dieses Banditen, den schuftige Politiker in die Polizei eingeschleust hatten. Celuri hatte seine Ohren überall.

»Celuri, ich will wissen, wie weit wir bei dem Mord an dieser Frau bei Inspektor Azémar sind. Was haben unsere Beamten vor Ort entdeckt?«

Celuri hustete. Er rauchte zu viel. Seine Fingernägel waren vom Tabak geschwärzt.

»Das wird sich in den Berichten nicht finden, Herr Kommissar. Die Brasilianer waren vor uns da.«

»Das ist bekannt.«

»Eine Eingreiftruppe. Laut den Zeugen Brasilianer.«

»Celuri!«, grollte Dulourd. »Kommen wir zur Sache. Wir haben keine Zeit zu verlieren.«

»Nachdem Amanda Racelba Azémars Wohnung betreten hatte, wurden zwei Schüsse gehört. Als die Brasilianer die Wohnung des Inspektors gestürmt haben, fiel ein weiterer Schuss. Zwei Zeugen versichern, dass der Inspektor zu diesem Zeitpunkt bereits geflohen war.«

»Scheiße!«, fluchte der Kommissar.

»Im Viertel wurden Feuerstöße gehört. Sie haben Azémar verfolgt. Mehrere Personen haben gesehen, wie er in der Nähe des Platzes auf ein Motorradtaxi gesprungen ist.«

»Sollten die Brasilianer das Mädchen umgebracht haben?«

»Warum sonst der Schuss in der Wohnung nach Azémars Flucht?«

»Und die zwei Schüsse, während das Mädchen beim Inspektor war?«

Celuri zuckte mit den Schultern.

»Wir haben keine Erklärung dafür, Herr Kommissar.«

»Kam dieses Mädchen öfter zu ihm?«

»Nein.«

»Natürlich wurde am Tatort keine Waffe gefunden.«

»Keine Waffe«, sagte Celuri. »Herr Kommissar! Unsere ausländischen Freunde sind in Aufregung.«

»Dafür kann es nur einen Grund geben. Diese Frau hat Azémar etwas gesagt oder übergeben.«

»Logisch«, gab der Wachtmeister zu.

Dulourd überlegte. Hochgestellte Personen fühlten sich bedroht. Wenn er wusste warum, konnte das seiner Karriere nützen. Es war aber auch gefährlich! Er hatte die Brasilianer zu Michel geschickt. Er wusste, dass der Informatiker den Inspektor nicht verraten würde. Aber ihm, Kommissar Dulourd, würde Michel wohl oder übel sagen müssen, wie er Azémar kontaktieren konnte. Nachdem er diesen Entschluss gefasst hatte, fühlte er sich besser. Er hasste es, ein einfacher Zuschauer zu sein.

»Bring mir weitere Informationen dazu«, befahl er Celuri zum Abschluss des Gesprächs.

Der Polizist grüßte und ging. Celuri würde nicht mit leeren Händen zurückkehren.

*

»Ich vertraue dem *soro* mehr als meinem *garde*«, hatte der Mann gesagt, bevor er das große Glas Schnaps in einem Zug ausgetrunken hatte.

Die alte Dame betrieb ihren *tranpe**-Ausschank fast direkt gegenüber dem Casino an der Hauptstraße von Port-au-Prince nach Pétion-Ville. Sie hatte sich nicht gewundert, als sich an diesem späten Mittwochabend der magere Mann genähert hatte, der daherkam wie ein Zombie und sein Gesicht in finsterer Nacht hinter einer dunklen Brille verbarg. Sie hatte hier unzählige Säufer kommen und gehen sehen, aber an keinem *soro*-Trinker hatte sie einen derart lustvollen Ausdruck wahrgenommen. Der Mann musste seit Wochen auf Entzug sein. Es sei denn, er war ein Kranker im Endstadium, der noch einmal seinem Laster frönen wollte, bevor er den Geist aufgab. Sie füllte ihm eilig einen zweiten Becher. Er legte seine Hand auf das Handgelenk der alten Dame. Sie erschauerte, als seine schwieligen, kalten Hände sie berührten. Der Mann, der ihr gegenüberstand, verstand sich aufs Töten und schickte sich gerade an, es zu tun. »Nein! Das genügt!« Der Mann reichte ihr einen Fünfzig-Gourde-Schein. Er überwachte einen luxuriösen Jeep, der vor dem Casino parkte. Zu dieser vorgerückten Stunde mitten in der Woche waren die Straßen praktisch menschenleer. Zwei Männer kamen aus dem Spielsalon. Sie stützten sich auf die Motorhaube des Fahrzeugs, während sie sich unterhielten.

»Die Leibwächter des Brasilianers?«, fragte Azémar.

»Nein«, sagte die alte Frau. »Er kommt immer allein. Anschließend geht er in ein anderes Casino. So verspielt er sein Geld.«

Azémar schob die Brille hoch, um die alte Frau aufmerksam zu betrachten. Sie wandte den Blick ab, als sie sein Schielen bemerkte.

»Niemand hier mag ihn. Er hat uns schon mehrfach befohlen, zu verschwinden. Als ob wir Kleinhändler diese großen Herren stören würden.«

Der Brasilianer war nicht nur ein Spieler, er war vielleicht auch Eigentümer oder Aktionär des Unternehmens. Azémar bedankte sich bei der alten Frau, überquerte die Straße, wobei er den wackligen Gang eines Greises annahm und einen schlimmen Hustenanfall vortäuschte, und klammerte sich schließlich an eine Straßenlaterne. Er krümmte sich und tat, als müsste er sich übergeben. Die beiden Männer, die sich auf die Haube des Jeeps stützten, hatten bei seinem Herannahen zu sprechen aufgehört. Sie brachen in Gelächter aus, nannten ihn einen Trunkenbold und gingen dann, ohne sich weiter um ihn zu kümmern. Aus dem Casino kam ein Mann, ein gut gekleideter Weißer. Anzug ohne Krawatte, auf dem kahlen Schädel spiegelte sich das Neonlicht des Casinoschildes. Er zog es vor, nicht zu reagieren, als er den Lauf der Beretta am Genick spürte.

»Entriegele die Türen. Schnell!«

Ein Profi, dachte der Brasilianer instinktiv. Er gehorchte. Der Inspektor durchsuchte ihn mit genauen Handgriffen. Der Brasilianer trug eine Glock am Gürtel. Dieuswalwe Azémar nahm die Waffe an sich.

»Setz dich ans Steuer. Ich sitze hinter dir.«

Der Brasilianer gehorchte. Der Inspektor setzte sich auf den Rücksitz.

»Verriegele die Türen und starte den Motor. Fahr los. Ich sage dir, wo es lang geht.«

Alles hatte weniger als eine Minute gedauert. »Wir fahren Richtung Gebirge. Zu den Sandgruben«, wies Azémar den Brasilianer an.

»Was wollen Sie von mir?«, fragte der Brasilianer. »Wenn Sie Geld wollen, ich habe keins dabei.«

»Halt's Maul«, brüllte Azémar. »Fahr los.«

An der Straßensperre, die die Polizei am Ausgang von Pétion-Ville in der Nähe des Hauptkommissariats der Stadt errichtet hatte, wurde der Jeep nicht angehalten. Er trug ein offizielles Nummernschild. Die Polizisten kannten den Brasilianer.

»Du kennst mich, Srareko«, sagte Azémar. »Du hast mir was zu sagen.«

Der Brasilianer erkannte die Stimme! Die dunkle Brille über diesem Gesicht! Wie dumm von ihm, dass er nicht sofort verstanden hatte. Dieuswalwe Azémar! Seine Freunde suchten den Polizisten seit gestern Abend. Wie hatte er so schnell zu ihm gelangen können?

»Ich kann Ihnen aus dem Schlamassel raushelfen, Inspektor«, sagte Srareko.

»Das bezweifle ich nicht. Aber vorher unterhalten wir uns.«

Der Inspektor befahl ihm, in eine ausgefahrene Straße einzubiegen, die ins Innere der Sandgruben führte. Sie fuhren durch eine Marslandschaft. Der befahrbare Pfad war im Licht der Scheinwerfer kaum sichtbar. Riesige Felsgebilde zogen in der Nacht vorbei und nahmen die unwahrscheinlichsten Formen an.

Azémar ließ den Brasilianer inmitten eines Areals anhalten, das ein seltsamer Auswuchs aus schwarzem Granit und drei seepferdchenförmige Felsen begrenzten. Als der Inspektor zum ersten Mal an diesen Ort gekommen war, hatte er die Felsformationen als Stalagmiten unter freiem Himmel bezeichnet. Eine schalkhafte Hand hatte sie in einer Grotte abgelöst und sie hierher in den Sand gebracht. Azémar reichte dem Brasilianer Handschellen. Dieser zögerte. Der Inspektor drückte ihm den Lauf der Beretta in den Nacken. Der Brasilianer legte sich die Handschellen an.

»Entriegeln Sie die Türen, geben Sie mir die Schlüssel und steigen Sie aus. Keine plötzliche Bewegung.«

»Sie machen einen Fehler«, sagte der Brasilianer.

Der Mann dachte an alles. Eine echte Killermaschine. Er erkannte Exemplare dieses Menschenschlags in allen Ländern, in denen er gelebt hatte. Hier rechnete man nicht damit, auf einen solchen Profi zu treffen. Er hatte in diesem Land auf allen Ebenen nur mit erbärmlichen Gaunern zu tun gehabt. Männern und Frauen ohne Rückgrat, für einen grünen Dollarschein zu allem bereit. Schleimige Würmer, Chamäleons. Er beklagte sich nicht allzu sehr darüber. Er hatte hier ein neues Leben begonnen und weit weg von den behördlichen und polizeilichen Scherereien seines Landes ein Vermögen verdient.

»Geh vorwärts«, sagte Azémar.

Sie mussten nicht lang gehen. Zwei Männer warteten im Dunkeln auf sie. Zwei handfeste Kerle, bekleidet nur mit kurzärmligen Hemden und Jeansshorts, die einander ähnelten wie ein Ei dem anderen. Um den Hals trugen sie jede Menge Amulette und Ketten. Sie lächelten.

»Ich stelle dir meine Freunde Georges und Reynold vor. Zwei ehemalige Polizisten. Sie sind Zwillinge. Ich muss dir leider sagen, dass sie die Leute aus deinem Land nicht besonders mögen, auch wenn sie Fans seiner Fußballmannschaft sind.«

Der schwache Mondschein spiegelte sich auf ihren Zähnen und ließ sie im Dunkeln leuchten.

»Das sind die Überlebenden meines Teams«, fuhr Azémar fort. »Mit ihnen habe ich versucht, Pierre Quartier zu retten. Jetzt sind diese Sandgruben ihr Reich. Sie leben hier Tag und Nacht.

Manchmal beneide ich sie. Hier gibt es keine Farben, keinen Dreck. Nur die weißen Eingeweide des Gebirges.«

»Wir können uns einigen, Inspektor. Sie wissen nicht, worauf Sie sich einlassen.«

Der Inspektor betrachtete ihn wortlos.

»Das Loch ist fertig«, sagte einer der Männer.

»Beeilt euch«, sagte Azémar. »Ich will meine Tochter wiederfinden.«

Die beiden Männer packten den Brasilianer. Er wehrte sich. Sie überwältigten ihn, steckten ihn in ein Loch im Boden und schütteten es mit Sand zu. Nur der Kopf des Brasilianers blieb frei.

»Was wollen Sie?«, schrie der Brasilianer.

Azémar nahm einen niedrigen Stuhl, den einer der beiden Männer gebracht hatte, und setzte sich dem Brasilianer gegenüber. Die Zwillinge hatten um ihn herum vier Fackeln in exakt gleichem Abstand zueinander aufgestellt. Das Schauspiel wirkte wie ein Ritual der schwarzen Magie.

»Hör gut hin, Srareko«, sagte Azémar. »Spitz die Ohren.«

Der Brasilianer hörte in der Ferne das Bellen von Hunden und das Grunzen von Schweinen.

»Die Tiere sind ausgehungert«, erklärte Azémar. »Hier haben schon die Menschen nicht genug zu essen, geschweige denn die Hunde und Schweine. Wenn meine Freunde das Feuer auslöschen und wir uns entfernen, dann sind die Tiere im Nu hier. Muss ich dir noch auf die Sprünge helfen?«

Der Brasilianer sah ihn mit verschrecktem Ausdruck an. All seine Arroganz war verschwunden.

»Ich foltere nicht gern Menschen. Es ist gegen meine Prinzipien. Ich werde aber trotzdem nicht zögern. Sie hätten sich nicht an meiner Tochter vergreifen dürfen.«

»Lassen Sie mich gehen, wenn ich rede?«, fragte der Brasilianer.

Azémar drehte sich zu seinen Freunden um.

»Habt ihr das gehört?«

»Er hält uns für Mörder«, sagte einer von ihnen mit gespielt empörtem Gesichtsausdruck.

»Wir machen uns nur die Hände blutig, wenn wir dazu gezwungen sind«, fügte der andere hinzu.

»Du hast die Wahl«, fuhr Azémar fort. »Ich für meinen Teil will verstehen. Du hast mein Wort, du wirst anschließend befreit. Wir lassen dich aber nicht gehen, damit du deine Komplizen warnst. Wir sind keine Kinder. Meine Freunde behalten dich hier, bis mein Problem gelöst ist.«

»Allerdings musst du 50 000 Dollar zahlen«, sagte einer der Freunde des Inspektors.

»Diese Leute arbeiten heute Nacht deinetwegen«, fügte der Inspektor hinzu. »Du bist ihnen also eine Entschädigung schuldig. Wenn wir aber lieber die Fackeln auslöschen sollen, dann sag's nur. Sie gehorchen mir immer ohne Zögern.«

»Ich höre«, sagte der Brasilianer.

»Hast du mich erkannt?«

Der Brasilianer zögerte einen Moment.

»Inspektor Dieuswalwe Azémar.«

»Ich erinnere mich nicht an dich. Warum?«

»Das zu erklären würde lange dauern.«

»Fass es zusammen. Erklär's mir.«

»Das war während Ihrer Kur bei Vanour.«

»Was haben Sie mit mir gemacht?«

»Hören Sie«, sagte der Brasilianer. »Noch einmal, Sie wissen nicht, worauf Sie sich da einlassen. Lassen Sie mich frei, und ich zahle jedem von Ihnen 100 000 Dollar. Einverstanden?«

»Scheiße!«, schrie Azémar.

Er stand auf.

»Löscht die Fackeln aus«, befahl er seinen Freunden. »Wir gehen.«

»Warten Sie«, flehte Srareko, »warten Sie.«

»Was hast du mir zu sagen?«

»Setzen Sie sich wieder«, sagte der Brasilianer. »Gehen Sie nicht.«

Azémar setzte sich wieder.

»Ich habe nicht viel Zeit, Srareko, das weißt du.«

Rotz floss aus der Nase des Brasilianers. Mit dem Sand konnte er nur schwer die Augen offen halten.

»Man hat mich hergeholt, weil ich Sie dazu veranlassen sollte, jemanden zu töten.«

»Wie?«

»Gewisse Patienten kann man, je nach ihrem Geisteszustand, durch die richtige Dosierung von Psychopharmaka und Hypnose dazu bringen, sich extremen Situationen zu stellen, sie sogar dazu programmieren, eine bestimmte Aufgabe auszuführen. Es geht darum, vollständigen Besitz vom Patienten zu ergreifen. Natürlich muss er in einer günstigen geistigen Verfassung sein. Glauben Sie nicht, dass all das erst im experimentellen Stadium ist. Ich habe an mehreren Projekten dieser Art gearbeitet, mit einer zufriedenstellenden Erfolgsquote.«

»Hatten Sie mit mir Erfolg?«

»Sie waren eine reife Frucht, Inspektor. Aber es ist nie einfach, vom Geist eines Menschen vollständig Besitz zu ergreifen.«

»Ich sollte also General Racelba ermorden.«

»Ja«, gestand der Brasilianer.

»Wer hat verlangt, dass du mich ... programmierst?«

»Die, die von unserer Anwesenheit hier profitieren, um so viel Geld wie möglich zu verdienen. Ein wildes Land ist eine Goldgrube, Inspektor, das wissen Sie besser als ich.«

»Ich verstehe. Waffen- und Munitionshandel, Drogen, Kidnappings, Schmuggel aller Art ... Warum General Racelba?«

»Er war ein Offizier der alten Schule. Ehrlich, prinzipientreu. Er hatte eine Untersuchung über Soldaten und Offiziere eingeleitet, die während ihrer Mission in Haiti in krumme Geschäfte verwickelt waren. Er wollte ein Dokument nach Brasilien schicken und sogar etwas in die Presse durchsickern lassen. Leandro, sein Adjutant, hat uns rechtzeitig gewarnt. Das hätte in Brasilien eingeschlagen wie eine Bombe und die Regierung in Schwierigkeiten gebracht.«

»Wie war es möglich, dass ich alles vergessen habe?«

»Ich habe mehrere derartige Experimente durchgeführt. Ziel ist es, bei den Kämpfern die Angst auszuschalten, sie alle früheren Erziehungsinhalte verdrängen zu lassen, die verhinderten, dass aus ihnen eine furchtbare Kampfmaschine wird. Wie ich Ihnen schon gesagt habe, ist die Behandlung eine Kombination aus Psychopharmaka und Hypnose. Schließlich erhält der Patient die Anweisung und ist einsatzbereit. Er handelt in einem Ausnahmezustand. Wenn er aus diesem Zustand wieder erwacht, kann er gemäß den in sein Unterbewusstsein eingeschriebenen Anweisungen vergessen. Das kann wichtig sein für heikle Missionen, bei denen die Kämpfer die ersten Zeugen sind. Wir haben Sie ausgewählt, nachdem wir uns Ihren Auftritt vor dem Ausschuss angeschaut hatten. Sie hielten mit Ihrer Meinung über die brasilianischen Kräfte in Haiti nicht hinter dem Berg. Sie haben uns beschuldigt, ein Komplott zu schmieden und mit den Banden zu paktieren, die überall Entführungen planten. Sie haben sogar die direkten Befehlshaber unserer Truppen bedroht. Sie waren nah am Wahnsinn. Das machte Sie zum idealen Ausführenden.«

»Den man anschließend verhaften konnte. Warum tut man es dann nicht? Warum die Selbstmordthese?«

»Das waren nicht wir. Wir wurden überrumpelt.«

»Wovon? Von wem?«

»Von Kommissar Solon. Er war unser Vertrauensmann, unsere Verbindung zu den Gangs aus Cité Soleil und anderen gefährlichen Vierteln. Solon wusste, welche Bedrohung für uns von Racelba ausging. Er wusste über die ganze Operation Bescheid. Sein Auftrag war es, Sie im Hotel in den Räumen des Generals gefangen zu nehmen. Wir hatten organisiert, wie Sie zum General gelangten. Sie waren mental instruiert, dort zu bleiben, bis die Polizei kommt. Sie sollten von Haitianern gefasst werden, nicht von brasilianischen Sicherheitsleuten. Solon galt als ihr Freund. Niemand hätte von einem Komplott oder einem abgekarteten Spiel sprechen können. Dann macht Solon etwas, was uns alle überrascht. Er bringt sie aus Racelbas Appartement und organisiert diese Maskerade. Das hätte uns übel in die Bredouille bringen können. Wir standen mit dem Rücken zur Wand. Glücklicherweise durften weder die brasilianische Regierung noch die Vereinten Nationen zulassen, dass es zu einem Skandal kam. Es war öffentlich bekannt, dass es zwischen dem zivilen Chef der Vereinten Nationen und dem General tiefe strategische Meinungsverschiedenheiten gab, wie man die Vorherrschaft der Gangs beenden sollte. Die Selbstmordthese kam allen gelegen.«

»Wie haben Sie es angestellt, dass ich unbemerkt ins Quartier des Generals gelangen konnte?«

»Leandro, der Adjutant des Generals, sein Vertrauter, hat uns geholfen. Er tat gut daran, sich auf unsere Seite zu schlagen. Hier in Haiti war er uns ausgeliefert. Leandros Zimmer stieß an das des Generals. Wir haben Sie in der Klinik abgeholt, und Sie sind in einer Uniform der brasilianischen Armee im Hotel angekommen. Bei Leandro hat man Ihnen Ihre Zivilkleidung wieder angezogen. Dann habe ich, ich würde sagen Ihre ... Programmierung, abgeschlossen. Der General sollte den Chef der zivilen Mission privat treffen. Wir haben gewartet, bis der gegangen war, dann hat Leandro Sie ins Apartment des Generals gebracht. Sie sollten sich dort verstecken und den geeigneten Augenblick abwarten.«

»Die Kameras?«

»Leandro war beauftragt, die Wohnung des Generals mit Kameras und Mikros zu spicken. Wir haben das wichtige Material behalten, das Sie belasten sollte, der Rest wurde vernichtet.«

»Wusste der Chef der zivilen Mission von dem Komplott?«

»Er und der General haben sich nicht verstanden. Mehr weiß ich nicht.«

Auf der höchsten Ebene, dachte der Inspektor, kann man nur schwer wissen, wer wirklich die Fäden zieht. Alle möglichen Leute auf allen Stufen der Hierarchie wollen einen Störenfried fertigmachen. Dann kann man, ohne sich nasszumachen, Wellen schlagen. Sehr große Wellen.

»Da ist etwas, was ich nicht begreife«, sagte Azémar. »Für Sie kam es darauf an, den General zu töten. Das habe ich getan, in dem Zustand, in den Sie mich versetzt hatten. Warum habe ich danach alles vergessen, sogar das Eingreifen Kommissar Solons?«

»Sie sollten nach der Tat in Racelbas Wohnung erwachen. Ihnen wäre klar geworden, was Sie getan hatten. Sie hätten leicht gestanden. Nach der mentalen Anweisung sollten Sie nur Ihre ... Programmierer vergessen.«

»Ich erinnere mich aber an gar nichts«, beharrte Azémar.

»Wir hatten gedacht, Solon hätte Sie zum Schweigen gezwungen. Wenn Sie alles vergessen haben, dann ist das bestimmt eine geistige Verteidigungsreaktion. Vielleicht hat Ihr Bewusstsein alles gelöscht, weil es keine angemessene Rechtfertigung für Ihre

Tat fand. Das ist jetzt nur eine Erklärung auf die Schnelle, *grosso modo*. Ich habe hier nicht die Möglichkeit zu einer richtigen psychoanalytischen Sitzung.«

»Wenn Solon auf eigene Faust ein derart bedeutendes Komplott durcheinandergebracht hat, wie konnte er sich dann auf seinem Posten halten? Man hätte ihn anschließend eliminieren können.«

»Racelba hatte kompromittierende Dokumente über das Netzwerk, das mit seinen Ausläufern bis in die Spitze der Politik und der Geschäftswelt des Landes hineinreicht. Solon behauptete, er hätte sie an sich genommen. Er hat sich geweigert, sie zu übergeben. Damit hat niemand gewagt, ihn anzurühren. Er hatte Sie in den Deal eingeschlossen. Eines war uns aber klar: Solon würde Ihnen keine Erklärung liefern, denn damit hätte er sich selbst in Gefahr gebracht.«

Einige Sekunden lang versuchte Azémar einen Tunnel in seine Erinnerungen zu graben. Da war nichts, was ihn an diese Momente erinnerte. Er war in der Klinik. Solon hatte ihn besucht. Solon war es gewesen, der ihm am Ende der Kur geholfen hatte, die Klinik zu verlassen. Der Kommissar war sehr hartnäckig in ihn gedrungen, ob er sich an etwas erinnerte. Azémar hatte gedacht, sein Vorgesetzter meine die fehlgeschlagene Operation zur Befreiung von Pierre Quartier. Solon hatte keine weiteren Fragen mehr gestellt.

»Haben Sie nicht gefürchtet, dass Solon die Dokumente weitergibt?«

»Warum? Solon war es darum zu tun, seine Karriere zu sichern. Wir haben ihn vorsichtshalber in Ruhe gelassen. Wenn er uns angezeigt hätte, wäre er selber hochgegangen. Hätte Leandro, der Adjutant des Generals, nicht im Endstadium seiner Krebserkrankung Gewissensbisse bekommen, hätte alles gut funktioniert.«

»Warum kommt Solon mir zu Hilfe? Er wusste von Anfang an Bescheid. Er lässt mich immerhin den General töten.«

Der Brasilianer in seinem Loch konnte nicht mehr. Er war nicht mehr in der Lage, die Augen offen zu halten, sein Schädel verschwand unter einem Helm aus Sand.

»Bitte, holen Sie mich da raus. Ich habe Ihnen alles gesagt.«

»Warum rettet Solon mich? Ich will den Grund wissen.«

»Ich weiß es nicht. Sie kannten ihn besser.«

»Den Grund«, brüllte der Inspektor.

»Seit Ihrer Operation in Cité Soleil, um diesen Dichter zu befreien, war er instabil geworden.«

Inspektor Azémars Herz schlug schneller.

»Warum war er instabil geworden?«

»Das weiß ich nicht. Wir haben nichts verstanden, ich schwör's Ihnen.«

Azémar stand unvermittelt von seinem Stuhl auf. Er hatte wieder zu zittern begonnen. Er spürte, wie die Krämpfe kamen. Das war nicht normal. War das Verlangen nach *soro* stärker als der *garde* des *bòkò*? Er setzte sich wieder dem Brasilianer gegenüber. Der hustete herzzerreißend in seinem Loch.

»Kommen wir zu dringenderen Sachen. Deine Freunde haben meine Tochter entführt. Wo ist sie?«

»Holen Sie mich erst hier raus«, sagte der Brasilianer, seine Chance sofort ergreifend.

»Wo ist meine Tochter?«

»Auch wenn Sie mich töten, ich sage nichts. Mein Leben gegen das Ihrer Tochter. Ich traue Ihnen nicht.«

»Wo ist meine Tochter?«, fragte der Inspektor den Brasilianer erneut.

»In einer Lagerhalle von Ennberg Entreprise.«

»Was haben die Ennbergs mit dieser Geschichte zu tun?«

Srareko antwortete nicht.

»Ich warte auf deine Antwort«, sagte Azémar.

»In jeder Familie gibt es ein schwarzes Schaf. Wir beschränken uns auf unseren Handel. Mein Leben gegen das Ihrer Tochter.«

Azémar sah rot. Er stand von seinem Stuhl auf. Das Telefon in seiner Hosentasche vibrierte. Er ignorierte den Anruf.

»Sie haben einen unverzeihlichen Fehler begangen, Srareko.«

Er zeigte ihm seine Hand. Jene Hand, die sich gelegentlich vor seinen Augen in ein verwesendes, von Würmern wimmelndes Anhängsel verwandelte.

»Bei manchen Fouls im Fußball ist ein Strafstoß fällig«, schrie der Inspektor. »Dasselbe mache ich mit Ihnen.«

Er trat drei Schritte zurück. Eine morbide Erregung erfasste ihn. Das Bild der enthaupteten Frau zog vor ihm vorbei. Er hatte einen Blutgeschmack auf den Lippen. Die Haut an der Stelle, an der der *bòkò* den *garde* eingenäht hatte, wurde glühend heiß.

»Ich verfehle Sie nicht, auch wenn es hier kein Flutlicht gibt, Srareko«, frohlockte er fast. »Das, was von Ihrem vergrabenen Körper übrig ist, Ihr Kopf, ist genauso sichtbar wie ein Fußball auf einem grünen Rasen. Hoffen Sie nicht auf diese verdammte Kur, deswegen schieße ich nicht daneben.«

Er nahm Anlauf und rannte auf Srareko zu. Dieser reagierte gerade noch rechtzeitig.

»Ohne mich kommen Sie nicht zu Ihrer Tochter. Wir spüren Sie auf«, warnte der Brasilianer. »Wollen Sie das Leben Ihrer Tochter aufs Spiel setzen?«

Der Inspektor hielt inne, sein Fuß befand sich unter Srarekos Kinn. Sein Gefangener spielte seine letzte Karte aus, er wusste genau, dass der Polizist nicht zögern würde, dieses besondere Tor zu schießen. Niemandem, auch seinem ärgsten Feind nicht, wünschte er diese Erfahrung, bis zum Hals im Sand eingegraben zu sein. Am Furchtbarsten war es zu hören, wie die ausgehungerten Beutegreifer immer erregter wurden. Sobald die Fackeln ausgingen, würden sie sofort zur Stelle sein, um einem den Kopf zu zerfleischen. Der Brasilianer suchte Zeit zu gewinnen. Jede Sekunde bedeutete für ihn einen Sieg. Das Telefon in der Tasche des Inspektors vibrierte weiter hartnäckig.

»Sehr gut«, sagte Azémar. »Du begleitest mich. Ich betrachte dich als praktisch tot. Dein Leben ist dir teuer, hoffe ich.«

Der Brasilianer nickte. Azémar machte seinen Freunden ein Zeichen.

»Macht ihn sauber, dass er vorzeigbar aussieht. Wir machen einen Besuch bei Ennberg Entreprise.«

Mit Schaufeln befreiten sie den Brasilianer aus seinem Sandloch. Das Telefon vibrierte immer noch. Der Inspektor nahm den Apparat und ließ den Brasilianer mit den Zwillingen allein, um sich einen Augenblick zu entfernen. Er kannte die Nummer auf dem Display. Die Nummer von Kommissar Dulourd.

»Hallo!«, sagte der Inspektor.

»Michel hat mir Ihre Nummer gegeben, Inspektor.«

Azémar fluchte innerlich. Sein Freund hatte Dulourds Druck nicht widerstehen können.

»Nehmen Sie es Michel nicht übel«, empfahl ihm der Kommissar. »Ich muss mit Ihnen reden. Es ist wichtig.«

Er wollte auflegen, hielt es aber für klüger, sich zu erkundigen, warum sein Vorgesetzter anrief.

»Wollen Sie mich Ihren Freunden ausliefern, Kommissar? Sie sind auf der Suche nach mir, das wissen Sie sicher.«

»Was hätte ich davon, Sie auszuliefern, Azémar? Ich habe Interessen, keine Freunde. In gewissen Hinterzimmern herrscht helle Panik, seit die Tochter des Generals Ihnen zu ihrem Unglück diesen Besuch gemacht hat. Sie sind nicht der Mörder. Wenn ich den Grund für den Radau herausfinden könnte, wäre das gut für meine Karriere.«

Der Inspektor erriet, worauf sein Vorgesetzter hinauswollte.

»Was habe ich davon, wenn ich mit Ihnen zusammenarbeite?«

»Ich habe General Racelba gut gekannt. Ich habe ihn mehrmals getroffen. Wir haben uns öfter unterhalten. Einmal habe ich ihn sogar zu mir zum Essen eingeladen. Sie sind ein guter Spürhund, Inspektor. Vielleicht habe ich Informationen für Sie.«

Dulourd hustete verlegen.

»Wir können uns gegenseitig helfen. Ich tue mein Bestes, um Sie wiedereinzugliedern. Ohne Alkohol natürlich, zumindest im Dienst.«

Der Inspektor überlegte kaum.

»Ich sage Ihnen, wo wir uns treffen können. In genau dreißig Minuten. Ich komme allein, Sie ebenfalls. Ich habe Leute, die gewährleisten können, dass die Umgebung sicher ist.«

Er gab Dulourd den Ort an, dann legte er auf. Vielleicht war es ein Fehler, den Kommissar jetzt zu treffen, aber Dulourd war ein Ehrgeizling. Er wollte gute Karten in der Hand haben, um einen besseren Posten für sich herauszuschlagen. Seit die Cholera Tausende von Opfern gefordert hatte – laut Dulourd ein Affront für das Land –, mochte er die Militärs der Vereinten Nationen nicht besonders. Derzeit war es sicher nicht seine vordringliche Sorge, ihnen den Inspektor auszuliefern.

Azémar kehrte zu den Zwillingen zurück.

»Wir brechen in einer Stunde auf. Georges bewacht den Brasilianer. Reynold! Komm mit mir. Ich will wissen, was mein Vorgesetzter mir zu sagen hat.«

Da sie ihn überrascht ansahen, fügte er hinzu:

»Wenn es stinkt, wissen die Aasfresser nicht mehr, wo ihnen der Kopf steht. Das muss man sich zunutze machen.«

*

Kommissar Dulourd hatte seinen Range Rover wie verabredet am Eingang einer holprigen Sackgasse geparkt, die zu einem leerstehenden Hotel führte. Er blendete dreimal auf und schaltete dann die Scheinwerfer aus. Das Signal des Zwillings erreichte Azémar dreißig Sekunden später. Der Kommissar war allein und niemand war ihm gefolgt. Von seinem Standort aus konnte der Inspektor das Fahrzeug seines Vorgesetzten sehen. Er untersuchte die Umgebung mit dem Nachtsichtfernrohr, das er von den Zwillingen bekommen hatte. Anscheinend hatte Kommissar Dulourd seine Anweisungen eingehalten. Azémar nahm sein Telefon.

»Sie sind pünktlich, Kommissar.«

»Sie nicht«, sagte Dulourd.

»Ich bin lieber vorsichtig. Steigen Sie aus und gehen Sie die Rampe zu Fuß hoch. Ich sage Ihnen, wo Sie stehenbleiben sollen.«

»Zu Fuß! In dieser Dunkelheit!«, bemerkte Dulourd alarmiert.

»Das ist meine Bedingung«, antwortete Azémar trocken.

Dulourd schimpfte, gehorchte aber. Er hielt dieses Treffen für so wichtig, dass er bereit war, sich so den Forderungen eines Untergebenen zu beugen. Mit dem Telefon in der Hand stieg er die abschüssige Auffahrt hoch.

»Wo sind Sie denn?«, keuchte er in den Apparat.

»Gehen Sie weiter«, befahl Azémar. »Schalten Sie Ihr Handy aus. Sie sind ein riesiges Glühwürmchen in der Dunkelheit.«

Der Kommissar schaltete sein Telefon aus und setzte seinen Aufstieg fort. Er war nicht außer Atem. Jeden Tag trainierte er in einem Fitnessstudio, um in Form zu bleiben. Azémar tauchte plötzlich hinter ihm auf, stieß ihn zum Eingang eines im Bau befindlichen Hauses und drückte ihm den Lauf seiner Waffe an die Schläfe.

»Sie bedrohen Ihren Vorgesetzten, Inspektor!«

»Halten Sie den Mund«, grollte Azémar. »Keine Bewegung.«

Der Inspektor verharrte ebenfalls reglos. Dulourd begriff, dass Azémar die Geräusche der Nacht studierte, auf ein verdächtiges Knacken von Zweigen, das Rollen eines Steins unter einem Fuß horchte. Beruhigt durchsuchte Azémar Dulourd. Dieser war unbewaffnet.

»Sind Sie nun zufrieden?«, fragte Dulourd. »Ich mag diese Leute nicht. Ich bin gezwungen, mit ihnen zusammenzuarbeiten. Sie haben uns die Cholera gebracht und obendrein behandeln sie uns manchmal wie Dreck. Sie mag ich allerdings auch nicht.«

»Wir sind nicht hier, um über unsere persönlichen Gefühle zu sprechen«, bemerkte der Inspektor, ohne die Waffe herunterzunehmen.

»Diese Brasilianerin! Was hatte Sie bei Ihnen zu suchen, Inspektor?«

»Sie wollte mich hinrichten.«

»Sie hinrichten!«, rief Dulourd aus. »Es gibt jede Menge Leute, die Sie zur Strecke bringen wollen. Warum diese Brasilianerin?«

»Sie hat mich beschuldigt, ihren Vater, General Racelba, ermordet zu haben, und sie hat Beweise dafür vorgelegt.«

»Was für Beweise?«

»Fotos, auf denen in der Tat zu sehen ist, wie ich den General ermorde.«

»Wie hätten Sie allein einen General der Vereinten Nationen ermorden sollen?«, wunderte sich Dulourd. »Das ergibt keinen Sinn.«

Dulourd war gar nicht so dumm, dachte Azémar.

»Das war ein Komplott, um den General zu erledigen. Man wollte mir die Sache anhängen. Nach meiner fehlgeschlagenen Operation zur Befreiung von Pierre Quartier hatte ich vor dem Ausschuss der Generalinspektion die militärischen Verantwortlichen der Vereinten Nationen bedroht.«

»Es war ein Selbstmord«, bemerkte Dulourd.

»Alles ist wegen Kommissar Solon aus dem Ruder gelaufen.

Er hat mich aus dem Apartment des Generals geholt und dafür gesorgt, dass auf Selbstmord geschlossen wurde.«

»Es gibt jede Menge Details, die gegen die Selbstmordthese sprechen«, gab Dulourd zu. »Die Akte sollte rasch geschlossen werden.«

»Wenn mein Freund Solon noch am Leben wäre, dann müsste er mir einiges erklären«, sagte Azémar.

Dulourd kicherte.

»Solon verrät Sie, schickt Sie in den Tod, und Sie haben immer noch den allergrößten Respekt vor ihm.«

Die Hand, in der der Inspektor die Waffe hielt, zuckte.

»Wie, er hat mich in den Tod geschickt? Was meinen Sie, Kommissar?«

»Haben Sie Solon nie verdächtigt? Er hat die Entführer von Pierre Quartier gewarnt. Für Solon war es wichtiger, gute Beziehungen mit den politischen Kreisen zu wahren, die für die Entführung verantwortlich waren.«

»Sie lügen!«, brüllte Azémar.

»Sie sind naiv, Inspektor«, bemerkte Dulourd verächtlich.

Dieuswalwe Azémar hätte zu Boden gehen müssen. Solon hatte ihn verraten! Als Srareko von der Instabilität des Kommissars gesprochen hatte, war der Verdacht kurz in ihm aufgekeimt. Er hatte den Gedanken verscheucht. Solon, sein Freund! Immer zwischen zwei Strömungen lavierend. Seinen Überzeugungen und seinem Wunsch, Karriere zu machen, im Land zu bleiben, nicht mehr in den nordamerikanischen Winter zurückzukehren, seinem unzählige Male bekundeten Willen, sich eine stabile Gegenwart aufzubauen. Er hatte immer geglaubt, er könnte einen Mittelkurs steuern, den Forderungen der korrupten Machthaber nachkommen, die sich in Port-au-Prince die Klinke in die Hand gaben, und zugleich den traditionellen Werten seiner Eltern treu bleiben. Diese hatten sich nie mit irgendeiner Regierung kompromittiert. »Ich hasse dich, Solon«, brüllte Azémar innerlich. »Dass du mich verraten hast, nun gut. Das könnte ich dir verzeihen. Ich bin nur ein armer Bulle, der sich unwohl in seiner Haut fühlt, der genug hat von der Ehrlichkeit, die sein Vater und seine Mutter ihm eingepflanzt haben, Leute ohne tieferes Verständnis für die Wirklichkeit in diesem Land. Aber du hast zugelassen, dass Pierre Quartier gefoltert und ermordet wurde, ein Dichter, den du angeblich gemocht hast. Nein! Das verzeihe ich dir niemals.«

»Die Panik der Leute ist verständlich«, bemerkte Dulourd. »Haben Sie von Amanda Racelba genug Informationen bekommen, damit die Köpfe von wichtigen Persönlichkeiten rollen?«

»Nachdem ich sie überwältigt habe, habe ich ihr noch mehr Dokumente als die Fotos abgenommen«, log Azémar. »Ich habe sie an einen sicheren Ort gebracht und hatte noch keine Zeit, sie zu prüfen. Die Brasilianer waren zu schnell bei mir.«

»Sie sind ein guter Bulle, Azémar«, sagte Dulourd. »Ich bedauere, dass ich so geringgeschätzt habe.«

»Kennen Sie die, die der General hinter Gitter bringen wollte?«

»Trübe Elemente aus seinen Truppen, die sich schnell an die Sitten der kleinen und großen Ganoven von Port-au-Prince angepasst haben. Racelba hatte verstanden, wie es in unserem Land zugeht. Er hatte nicht die Haltung gewisser hoher Funktionäre, denen es nur um ihre Karriere und ihre Privilegien geht. Er war rechts aber ein Humanist. Ein Gentleman. Er war empört darüber, dass die UNO Hunderte Millionen Dollar ausgibt und behauptet, damit das Land zu stabilisieren, während wir in ständiger Instabilität gehalten werden, um die Anwesenheit der Ausländer zu rechtfertigen. Für ihn unterstützte das gesamte System der Vereinten Nationen die Korruption und die Unsicherheit. Mit dem zivilen Chef der Vereinten Nationen wäre er fast handgreiflich aneinandergeraten. Der wollte unbedingt einer bestimmten Richtung wieder zur Macht verhelfen, obwohl die in der Zivilgesellschaft verschrien ist und ihre Banden ganze Viertel der Hauptstadt als Geisel zu nehmen pflegten. Racelba war für mehrere Giftküchen das rote Tuch.«

»Er war ein toter Mann«, sagte Azémar.

Er fühlte sich schmutzig. Man hatte sich die Kontrolle über seine geistigen Fähigkeiten verschafft, um ihn zu einem Mord zu veranlassen. Seine Hand hatte den General getötet.

»Können wir die Ratten dazu bringen, das Schiff zu verlassen?«, fragte Dulourd.

»Sie werden warten müssen, Kommissar«, antwortete Azémar.

»Aber nicht allzu lange. Ich muss schnell machen, mitten hineinstoßen. Sie haben meine Tochter Mireya.«

Dulourd stieß im Dunklen einen Pfiff aus.

»Die halten sich ja ran.«

»Es wird ihnen noch leidtun«, knurrte der Inspektor. »Halten Sie eine Einheit in Bereitschaft. Ich verspreche Ihnen, dass ich mich binnen achtundvierzig Stunden bei Ihnen melde.«

Kommissar Dulourd reichte ihm die Hand. Der Inspektor ignorierte die Geste seines Vorgesetzten.

»Gehen Sie, Kommissar. Wir haben uns nichts mehr zu sagen.«

Der Kommissar entfernte sich im Dunkeln. Azémar sah zu, wie er verschwand.

»Es wird ihnen noch leidtun«, murmelte er.

IX

Die Morgendämmerung schickte ihre ersten rötlichen Wellen in die Finsternis über den Bergen, die bisher allenfalls das Funkeln einiger weniger Sterne durchbrochen hatte. Der Verkehr auf der Straße zum Flughafen versprach an diesem frühen Donnerstagmorgen wieder dicht und undiszipliniert zu werden. Vor den Fabriken der Zulieferfirmen begannen die Busse die Fluten von Menschen auszuspeien, die ihre einzige Ressource, ihren Schweiß und ihr Blut, an die neuen Herren aus dem Norden verkauften, jene Herren, die sich im Gegensatz zu den früheren Kolonialherren nicht darum scherten, ob die Sklaven sich von der Zwangsarbeit erholten, das heißt, ob sie zu essen hatten, sich nach der Arbeit ausruhten, bei guter Gesundheit waren. Angesichts des allgemeinen Elends konnten sie unbesorgt einen Schwarm von Arbeitern entlassen und sofort eine Masse neuer anheuern.

Der Jeep mit Inspektor Azémar am Steuer fuhr in raschem Tempo auf dem immer stark befahrenen Abschnitt und schlängelte sich zwischen den zu dieser Zeit bereits zahlreichen *tap-taps** durch. Azémar fühlte sich frisch und munter, obwohl er die ganze Nacht kein Auge zugetan hatte. Eigentlich hätte er nicht einsatzfähig sein dürfen. Landeng hatte gute Arbeit geleistet. Der Inspektor hoffte nur, dass die Zeit, die ihm vergönnt war, ausreichte, um seine Tochter wiederzufinden und in Sicherheit zu bringen.

Der Brasilianer war mit den Handschellen nicht an den Türgriff, sondern an die Metallbalustrade über dem Handschuhfach gekettet. Die getönte Scheibe würde daher nur so weit heruntergelassen, dass er mit den Posten sprechen konnte, die sicher vor dem Eingang von Ennberg Entreprise stehen würden. Diese würden nichts merken.

»Fürchten Sie nicht, sich in die Höhle des Löwen zu begeben?«, fragte Srareko.

»Da bin ich schon«, antwortete Azémar.

»Wir können alles stoppen. Das war ein Missverständnis. Wir sind in Panik geraten.«

»Sie haben eine unschuldige junge Frau getötet.«

»Das war Hauptmann Nelson Arantes. Er ist ein Psychopath. Ich habe ihm immer misstraut.«

»Hauptmann Nelson Arantes«, wiederholte Inspektor Azémar. Er hatte sich nicht geirrt. Die Teile des Puzzles fügten sich zusammen.

»Jedenfalls standen Sie mit dem Rücken zur Wand«, sagte Azémar. »Amanda Racelba hätte dafür gesorgt, dass die Ermittlungen über den Tod des Generals wieder aufgenommen werden.«

»Nelson Arantes und seine Freunde haben Panik bekommen. Der Mord am General wäre einfach Ihnen angelastet worden. Kein Gericht würde Ihnen abnehmen, dass Sie programmiert wurden. Niemand hat ein Interesse, die Affäre wieder aufzurollen.«

»Ich hätte nicht einfach stillgehalten, wenn man mich eines Mordes beschuldigt hätte, von dem ich nichts weiß. Ihr Hauptmann ist vielleicht ein Psychopath, aber er hatte keine Wahl. Das erste Sandkorn, Solon, hat das Getriebe nicht blockiert. Das zweite, Amanda Racelba, schon.«

»Wir sind mächtig. Noch einmal, ich schlage Ihnen eine gütliche Einigung vor.«

»Im Moment kommt es für mich darauf an, meine Tochter wiederzubekommen«, bemerkte der Inspektor trocken.

Der Brasilianer schwieg. Er hatte den Eindruck gehabt, einen Riss im Panzer des Polizisten zu bemerken. Er nahm sich vor, zu gegebener Zeit besser zu zielen. Es gibt immer ein Angebot, das auch die solidesten Bedenken, die am tiefsten verwurzelten Werte hinwegfegt. Ein großes Schild kündigte Ennberg Entreprise an. Azémar folgte dem Pfeil, bis er zu einem breiten Metalltor kam, an dem zwei mit Flinten Kaliber 12 bewaffnete Wachposten standen und sich unterhielten. Azémar fuhr das Fenster leicht herunter, damit sie Srareko identifizieren konnten.

»Sie sind heute ja früh dran, Monsieur Srareko«, bemerkte einer der Wächter.

»Eine dringende Angelegenheit«, erklärte der Brasilianer, der den Lauf der Waffe an seinen Rippen spürte.

Das Tor glitt beiseite. Azémar steuerte den Jeep auf eine betonierte Allee, die zu beiden Seiten von großen Blumenkübeln und noch brennenden Laternen gesäumt war. Auf Anweisung des Brasilianers umrundete er ein modernes Gebäude, in dessen Erdgeschoss sich eine Ausstellungshalle für nagelneue Fahrzeuge befand. Er fuhr weiter, ohne irgendjemandem zu begegnen, und sah einige verschlossene Hallen und eine fast schon militärisch bewachte Tankstelle.

»Wir sind da«, sagte Srareko.

Er zeigte auf eine letzte, abseits inmitten eines Palmenhains gelegene Halle. Zwei Männer saßen an einem Tisch und spielten Domino. Ihre Waffen, Uzis, waren nachlässig neben ihnen abgestellt.

»Sie können sie nicht erschießen«, sagte Srareko, »sonst wird man auf Sie aufmerksam.«

»Sind da drinnen noch mehr?«, fragte Azémar.

»Nein ... das ist nicht notwendig.«

Eine große Transportmaschine in den Farben der Vereinten Nationen schickte sich mit ohrenbetäubendem Dröhnen ihrer Triebwerke an, auf dem nahegelegenen Flughafen zu landen. Das Glück war mit ihm, dachte sich der Inspektor. Er wandte sich zu seinen beiden Freunden um, die bis dahin schweigend auf der Rückbank gesessen hatten.

»Seid ihr bereit?«

»Wir sind bereit«, antworteten sie im Chor, als errieten sie, was im Kopf des Inspektors vorging.

Die beiden Dominospieler sahen den Jeep näherkommen. Sie erkannten Srarekos Auto und unterbrachen ihre Partie nicht, da sie glaubten, er werde anhalten und parken. Die Metallmasse raste auf sie zu und quetschte sie mitsamt dem Tisch gegen die Metallwand der Halle. Einer der Wächter war sofort tot, der Kuhfänger vor der Motorhaube hatte seine Brust eingedrückt. Der andere hatte beide Beine gebrochen. Einer der Zwillinge brach ihm mit beiden Händen das Genick.

»Das hat man bestimmt gehört«, sagte Srareko, benommen von dem Aufprall.

»Das bezweifle ich«, antwortete Azémar im Aussteigen. »Wir sind ziemlich weit weg von den anderen Hallen. Da waren die Flugzeugtriebwerke, der Wind, der in die andere Richtung weht, und der ganze Lärm von der Autobahn.«

»Er denkt an alles«, dachte der Brasilianer mit widerwilliger Bewunderung. Der Inspektor und die beiden ehemaligen Polizisten waren einige Augenblicke stehengeblieben, die Sinne in Alarmbereitschaft. Alles blieb ruhig. Azémar machte den Brasilianer vom Handschuhfach los und legte ihm die Handschellen an.

»Bringen Sie mich zu meiner Tochter, und keine Tricks.«

Srareko unternahm einen neuen Anlauf.

»Wir können verhandeln. Wir haben bedeutende finanzielle Mittel.«

Der Brasilianer wirkte plötzlich besorgt.

»Vorwärts«, befahl Azémar drohend.

Nach dem Aufprall des Jeeps gab es keine Tür mehr, durch die man die Halle hätte betreten müssen. Srareko deutete auf eine Treppe, die ins Untergeschoss führte. Sie fanden sich in einem kleinen Zimmer mit zwei Metalltüren wieder. Die Türen hatten kein Schloss, sie waren von außen einfach mit Riegeln zu öffnen. Der Inspektor bemerkte, dass an der Wand falsche Polizeiuniformen hingen. Im Augenblick dachte er nicht darüber nach, was das zu bedeuten hatte. Ihn beschäftigte nur das Schicksal seiner Tochter.

»Sie ist hier«, sagte Srareko und zeigte auf die rechte Tür.

»Mach auf«, sagte Azémar.

Srareko gehorchte. Azémar schob ihn in ein Zimmer ohne Möbel. Auf einer Matratze direkt auf dem Boden schlief ein Kind. Ein kleines Mädchen.

»Mireya!«, rief der Inspektor mit klopfendem Herzen.

Sie wachte sofort auf und warf das Leintuch ab, mit dem sie zugedeckt war. Sie schien überhaupt nicht überrascht, ihren Vater zu sehen.

»Ich hatte sie gewarnt, Papi Dieuswalwe«, sagte sie nur. »Ich wusste, dass du mich holen würdest.«

Sie begann zu weinen.

»Er hat Madame Excès getötet, Papa. Er hat sie getötet!«

»Wer?«

»Er hat eine schreckliche Narbe auf der Stirn. Dann hat er mich hierher gebracht.«

Azémar wandte sich zu Srareko um, den einer der Zwillinge bewachte.

»Das war Nelson Arantes, oder?«

Der Brasilianer nickte.

»Ich kriege ihn, Mireya. Weine nicht, er wird sehr teuer dafür bezahlen.«

Sie zog auf der Matratze eilig Strümpfe und Turnschuhe an.

»Du darfst mich nicht allein mitnehmen. Ich habe einen Freund. Er ist im anderen Zimmer. Er weint die ganze Zeit.«

»Da ist niemand«, sagte der Brasilianer eilig.

Azémar versetzte ihm einen Stoß.

»Mach die andere Tür auf. Schnell.«

»Sie haben Ihre Tochter wieder! Gehen Sie ... Mischen Sie sich nicht in andere Dinge ein.«

»Er ist mein Freund«, beharrte Mireya. »Ich habe es ihm versprochen. Befreie ihn, Papi Dieuswalwe.«

»Mach auf!«, bellte Azémar, der die Worte seiner Tochter nun mit den Polizeiuniformen an der Wand in Zusammenhang brachte.

Der Brasilianer schwitzte. Er betätigte die Riegel und öffnete die Tür. Mireya stürzte ins Innere, um einen Jungen wachzurütteln, der ebenfalls auf einer Matratze am Boden schlief. Das Kind erwachte und betrachtete die Neuankömmlinge voll Angst.

»Ich stelle dir Johnny Harras vor, Papi Dieuswalwe. Stimmt es, dass die ganze Polizei nach ihm sucht? Ist es wahr, dass er reich ist?«

X

Hin und wieder nahm ein Gegenstand, ein Ding vor seinen Augen eine vollkommen unwahrscheinliche Form an. Dieser Riss in seiner Wahrnehmung dauerte einen Sekundenbruchteil. Die Form wurde verschwommen, die Umrisse zerfielen, krümmten sich. Das Unbelebte erwachte ziemlich unbeholfen in diesem Universum, in dem die Regeln sich soeben neu erfunden hatten. Belebtes wiederum verdichtete sich, wechselte das Geschlecht, setzte sich auf der Suche nach einer Energie, die dank diesen besonderen Windungen beherrschbar war, in der Materie fest. Er saß mit einem noch unberührten Glas *soro* auf einem Hocker und folgte den Sprüngen seines Geistes so konzentriert wie jemand, der einer lästigen Fliege auflauert, um sie mit einer präzisen Bewegung zu erschlagen. Gern hätte er eins der Delirienfragmente zu fassen bekommen, um es zu zwingen, dort, vor seinen Augen, vorzuführen, auf wie viele Arten es die herkömmlichen Gesetze verdrehen konnte. So magisch konnte es sein, sich zu den Orten mitnehmen zu lassen, an denen nur sein Geist befugt war, aus dem Stoff seines Lebens derart einzigartige Welten zu fabrizieren. Gleichzeitig musste er dieser brennenden Versuchung widerstehen, denn wenn er den Halt verlor, wenn seine Aufmerksamkeit für die immer feindlichere Wirklichkeit nachließ, hätte er die Konsequenzen zu tragen, er und vor allem Mireya, die er durch unerhörtes Glück wiedergefunden hatte.

Er schnupperte am *soro*, setzte seine Sinne mit dem bitteren Aroma des Getränks in Flammen. Die Folge war, dass sein Geist sich den Gedanken verschloss, die ständig hartnäckig Einlass begehrten und jedes Nachlassen seiner Aufmerksamkeit ausnutzten. Wenn er seit Amanda Racelbas Eindringen in seine Wohnung seinen klaren Verstand weitgehend behalten hatte, dann weil seine Sinne auf ein einziges Ziel gerichtet waren: sich zu beweisen, dass er kein Mörder war. Seine Finger umklammerten das Glas zu fest, sie konnten es zerbrechen. Einige Sekunden lang kämpfte sein Wille verbissen gegen seinen Durst, gegen dieses innere Brennen, das danach verlangte, mit *soro* gelöscht zu werden. Er wurde damit nicht richtig fertig. Er verlangte eine Spielunterbrechung und versprach dafür, die Partie genau da wieder aufzunehmen, wo er innegehalten hatte. Wenn es wieder weiterging, würde es einen anderen Kampf geben, der nicht minder schwer, vielleicht sogar noch schwerer wäre.

Er dachte einen Moment an Srareko. Dieser hatte ihn angefleht, ihn am Leben zu lassen. Nachdem er Johnny Harras entdeckt hatte, hatte er die Zwillinge gebeten, mit Mireya hinauszugehen, und war mit Srareko allein geblieben. Er hatte wissen wollen, wer von der Familie Ennberg in diese Machenschaften verwickelt war. Mitch Ennberg, hatte Srareko gesagt, eine demütige, unterwürfige Haltung eingenommen, aber auf die schwache Stelle des Polizisten geachtet: Er war nun allein und möglicherweise erschüttert von dem, was er gerade erlebt hatte. Anschließend hatte der Brasilianer sein Glück probiert. Vielleicht hatte Dieuswalwe Azémar ein Nachlassen der Aufmerksamkeit simuliert, um eine simple Hinrichtung zu vermeiden. Eine letzte Chance für denjenigen, der aus dieser Hand, die die Waffe hielt, eine ihm verhasste Hand gemacht hatte, weil sie General Racelba das Leben genommen hatte. Einem guten Menschen, einem außerordentlichen Menschen, der diesem Land nicht gewünscht hatte, was die Ausländer ihm boten! Einem Mann, der die Korruption ablehnte, die Gewalt, die Plünderung dieses Landes zum Schaden der Bevölkerung! Srareko hatte Besitz ergriffen von seinem Geist, seiner Hand, und er, Inspektor Dieuswalwe Azémar, hatte einen guten Menschen umgebracht. Wie viele Schmerzen musste er in dieser Welt erdulden, um er selbst zu bleiben und weiter dem Undenkbaren Einhalt zu gebieten? Srareko hatte seine Attacke kaum angedeutet, als die Kugel der Beretta seine Stirn durchschlug. Er verharrte reglos und brach dann zusammen wie eine Marionette, der man die Fäden abgeschnitten hat. Der Inspektor würdigte die Leiche kaum eines Blickes. Seine rechte Hand brannte. Seine Hand war zu einem fremden Organ an seinem Körper geworden. Sie flößte ihm Brechreiz ein.

Seine Tochter Mireya und Johnny Harras saßen auf einem vom Sand versteinerten Baumstamm. Hier, in den Ausläufern des monströs angeschnittenen Berges war alles nur Sand. Man atmete Sand. Man aß Sand. Der Sand drang überall ein. So ist es in der Wüste, dachte der Inspektor. Er hatte eine furchtbare Vision, in der der Sand einen Teil der Insel bedeckte wie ein Feuer, das einen Körper zu Asche verbrennt. Die Flotte aus Lastwagen, die jeden Tag vom Gebirge herunterkamen, beladen mit dem für teures Geld verkauften Sand, waren der Eiter dieses sich ungehindert ausbreitenden Geschwürs. Die Zwillinge, seine beiden Freunde, lebten von diesem Sand. Seit ihrem erzwungenen Abschied von der Polizei hatten sie sich hier, auf diesem kleinen Anwesen mitten in der Sandgrube, niedergelassen, ohne sich um die Risiken zu kümmern. Wenn die Erde bebte, wie sie es schon einmal getan hatte, würden sie nicht wieder so ein Glück haben. Der Riss, der unter der Sandgrube verlief, hatte sich beim letzten Erdbeben nicht gerührt, und die Bewohner der Slums auf den Bergen hatten unter den Erdstößen nur wenig gelitten. Aber früher oder später würde dieser Riss eine neue Hekatombe anrichten.

Er zwang sich, die penetrante Allgegenwart des Sandes zu ignorieren. Der Sand hatte sich vielleicht auch in seinem Kopf, in den kleinsten Unterabteilungen seines Bewusstseins abgelagert. »Bis jetzt halte ich trotz meiner Kur durch. Kein Sand im Getriebe«, wies er sich selbst zurecht. Er betrachtete Mireya. Johnny Harras sah er nur undeutlich. Es war ein seltsamer Eindruck. Dass der kleine Junge neben seiner Tochter saß, kam ihm unwirklich vor. Sie sprachen miteinander und amüsierten sich mit kindlicher Sorglosigkeit. »Er hätte nicht hier bei meiner Tochter sein sollen«, gestand sich der Inspektor ein. »Das ist ein Zufall. Sie werden nie mehr so Seite an Seite sitzen. Sie sind nicht aus derselben Welt. Oder genauer gesagt sind sie aus der derselben Welt. Einer Welt, die Schranken zwischen Menschen errichtet. Einer Welt, in der die Hautfarbe, ein Familienname und eine Ziffernfolge auf einem Bankkonto den ganzen Unterschied ausmachen. Warum habe ich Johnny Harras hierher gebracht?« Seine Frage war unsinnig. Er wusste genau, warum er das Kind nicht zur nächsten Polizeiwache gebracht hatte. Nicht nur, um Mitch Ennberg sowie den Mörder von Amanda Racelba und Madame Excès zur Strecke zu bringen. Es war seine letzte Chance, Mireya außer Landes in Sicherheit zu bringen. Ein Schmerz, den er gelassen auf sich nehmen musste. Zum zweiten Mal war es ihm im letzten Augenblick gelungen, seine Tochter zu retten. Ein drittes Mal würde ihm das Glück nicht hold sein. Mireya musste ausreisen, und dafür brauchte er Geld. Viel Geld.

Er war auf den paar Quadratmetern des Zimmers, das seine Freunde hergerichtet hatten, stundenlang auf und ab gegangen, mit überhitztem Gehirn, schweißgebadet, angeekelt von dem Staub der Sandgrube, der überall hindrang. Es war heiß, aber er bemerkte es nicht. Er war zu einem eingesperrten Tier geworden, einer Kreatur, die einem unvermeidlichen Schicksal zu entkommen versuchte und dafür in ihrem Kopf die absurdesten Ausbruchsszenarien wälzte. Mireya erkundigte sich, warum er sich in diesem Zimmer einsperrte, das in jeder Hinsicht einem Verlies ähnelte. Ihr Vater brüllte sie an, sie sollte ihn allein lassen. Sie lief zitternd vor Angst davon.

Er hatte Menschen getötet, nicht wie die Figur von Dostojewski in *Schuld und Sühne*, um kundzutun, dass er ein freier Mensch war und die kollektive Moral verwarf. Hier gab es keine kollektive Moral mehr. Nur Überlebensnotwendigkeiten, die die Menschen zermalmten. Er hatte getötet, damit jene Moral, die die Totengräber dieser Welt für überholt hielten, überlebte. Im Gegensatz zu Raskolnikow verwarf er sie nicht. In gewisser Weise belebte er sie. Er rief sie den Schurken in Erinnerung. Diese predigten überall ein neues Evangelium: Der Kampf zwischen Gut und Böse stand nicht mehr auf der Tagesordnung. Er, Dieuswalwe Azémar, hatte niemals seine Freiheit auf die Probe stellen wollen, indem er Böses tat. Seine Freiheit war das Leid. Freie Menschen empfanden echtes Leid. Nicht irgendeines. Echte Schmerzen offenbaren dem Menschen seine Menschlichkeit. Solche Schmerzen sind die erloschene Flamme der Sehnsucht nach Leben, die in der Seele jedes Volkes überdauert. Seine einzige Verbindung mit Raskolnikow war seine Überzeugung, zum Wohl der Menschheit, im Namen einer höheren Absicht zu töten. War es wirklich das? Mehrmals hatte er getötet, weil ihm der Brechreiz kam. Wie oft hatte er sich nicht gewünscht, wie die anderen zu sein, unterworfen der neuen kollektiven Moral der

Akzeptanz des Bösen und der Verleugnung der Menschlichkeit. Aber dieser so oft verspürte Wunsch kam gegen die tief in ihm verwurzelten Werte nicht an, Werte von denen er sich gleichwohl gern freigemacht hätte.

Nun schickte er sich an, weiter zu gehen, nachdem er bereits einen Magier gebeten hatte, ihm einen *garde* unter die Haut zu nähen, damit er durchhielt, damit er die Kraft hatte, es mit seinen Feinden aufzunehmen, denn körperlich war er nicht auf der Höhe. Musste man sich auf dem Schlachtfeld des Kampfes zwischen Gut und Böse von allem freimachen, musste man sein Bewusstsein auf eine blinde Fahrt des Lichts durch die Finsternis reduzieren? War er hier wirklich frei zu wählen? Nichts zu tun, hieße Mireya denen auszuliefern, die ihn gerade dafür hassten, dass er die zum Gemeingut gewordene Moral verletzt hatte. Wenn er seine Tochter in Sicherheit zu bringen suchte, wurde er dann nicht jenen Männern und Frauen ähnlich, die er verabscheute, so wie Raskolnikow die Gesellschaft verabscheute, aber aus einem völlig anderen Grund? Er betrachtete die beiden Kinder. Sie gruben ein Loch in den Sand und legten eine Blechschachtel hinein. Was enthielt sie? Er wusste es nicht. Der kleine Junge, Johnny Harras, würde in einigen Jahren über ein Vermögen gebieten, das mit dem Blut dieses Volkes aufgebaut worden war. Raskolnikow hätte die einfache Wucherin nicht ermorden dürfen, auch wenn diese Geschäfte mit dem Elend der Menschen machte. Auf welche höheren Pläne kann man sich in diesem Fall berufen? Würde er diese Nacht den Mut haben, das Land von Mitch Ennberg und Johnny Harras, dem künftigen Raubtier, zu befreien? Azémar war an die Grenze der Gebiete gelangt, in denen der Mensch sich an die Stelle Gottes setzt und die Wahrheit zu besitzen glaubt, in denen er das Gute oder das Böse proklamiert, Völkermorde plant und Scheiterhaufen errichtet, und kehrte von seinem Vorstoß erschrocken zurück. Er begriff, wie schwer die Bürde zu tragen war und warum die Hauptfigur seines Lieblingsromans sich im letzten Moment der gleichwohl unvollkommenen menschlichen Gerechtigkeit stellt, um den Tumult der Fragen und Gewissensbisse in ihr zum Schweigen zu bringen.

Der Mensch, der verloren in der Finsternis mitten auf dem Ozean treibt, sucht einen Stern, der ihm den Weg durch die Fluten weisen kann. Er hatte als Kompass nur den Schmerz, der in ihm nicht zur Ruhe kam. Der Übermensch schuf sich nicht durch Kunstgriffe der Vernunft, sondern in der Nacktheit des Gefühls. Er wusste, was er tun musste, um Mireya zu retten und sich eine Frist zu verschaffen. Er konnte Johnny Harras nicht so schnell seinen Eltern zurückgeben. Die beiden W in seinem Vornamen würden ein wenig verblassen. Nur so lange, bis er ihnen wieder ihren ganzen Glanz verleihen konnte. Nach manchen Stürzen steht man nicht wieder auf. Er hatte gerade einen solchen vermieden. Sein Sibirien würde der Wahnsinn in den Abgründen von Port-au-Prince sein.

*

Mitch Ennberg fegte mit einer zornigen Handbewegung seinen Schreibtisch leer. Eine volle Bierflasche flog durch die Luft und zerschellte dann an der Wand. Einige Schaumspritzer landeten auf der makellosen Uniform von Hauptmann Nelson Arantes. Die anderen Personen in seinem Büro, von denen eine die Uniform der Police nationale trug, reagierten nicht auf Mitch Ennbergs Wutanfall. Sein Jähzorn war überall gefürchtet. Er hatte in diesem Zustand schon getötet. Jedes Mal hatte die Familie ihren ganzen Einfluss aufbieten müssen, um eine ernsthafte Untersuchung zu verhindern. Aus Eifersucht hatte er seine zweite Frau erwürgt, die aus einer ebenso mächtigen aber nicht so reichen Familie stammte. Die Ennbergs hatten ihre Möglichkeiten maximal ausgereizt, hatten aber schließlich zwei Fabriken abtreten müssen, an denen der Clan sehr hing. Nach dieser Episode, die dem Ennberg-Imperium schwer zugesetzt hatte, war Mitch Ennberg zahmer geworden.

»Was ist das für eine Geschichte?«, brüllte Mitch Ennberg. »Ein abgeschlossener Fall! Sie veranstalten einen Sturm im Wasserglas, und jetzt haben wir einen Tsunami.«

»Das war kein Sturm im Wasserglas«, protestierte Hauptmann Arantes. »Amanda Racelba hatte genug in der Hand, damit die

Akte wieder geöffnet wurde. Wir haben noch Glück, dass sie sich selber rächen wollte. Sie hätte die Unterlagen auch einem Journalisten übergeben können oder gleich einem Richter.«

»Sie hatte nichts in der Hand«, sagte Mitch Ennberg. »Nur einen Namen.«

»Sie hatte Fotos«, beharrte Nelson Arantes. »Das war genug, um die ganze Sache kippen zu lassen.«

»Jeder wusste doch, dass es kein Selbstmord war.«

»Ja, aber der Fall war abgeschlossen.«

»Jetzt haben wir den hinterfotzigsten Bullen der ganzen Republik am Hals«, schrie Mitch Ennberg. »Er hat seine Tochter befreit. Die haben Sie entführt, weil Sie geglaubt haben, dann würde er sich Ihnen stellen. Srareko wurde tot aufgefunden, in die Stirn geschossen. Das ist die Handschrift von diesem Bullen. Er hat Johnny Harras befreit, und wir wissen jetzt nicht, wo unsere Geisel gefangen gehalten wird.«

»Warum hat er das Kind behalten?«, fragte der Polizist im Rang eines Wachtmeisters Klasse vier. »Warum hat er nicht die Polizei gerufen?«

Dieser Polizist fungierte als Mitch Ennbergs Sicherheitsbeauftragter. Er koordinierte auch die Kontakte des Unternehmens innerhalb der Polizei.

Ennberg schlug mit der Faust auf den Tisch.

»Er will uns drankriegen, ihr Deppen. Er ist von der Polizei und weiß, dass wir den Justizapparat unter Kontrolle haben. Er glaubt, er könnte uns eliminieren, um die Stadt zu säubern.«

Mitch Ennberg ließ sich auf den Sessel hinter seinem Schreibtisch fallen.

»Er ist unberechenbar. Nachdem er Srareko übertölpelt hat, hat er sich ohne Probleme Zugang zu meinem Gelände verschafft. Er hat zwei meiner Männer umgebracht und ist mit seiner Tochter und unserer Geisel wieder verschwunden. Wir wissen nicht einmal, was Srareko ihm verraten hat.«

Er richtete seine rechte Faust mit bösartiger Miene auf den Polizisten.

»Du hast behauptet, der Mann sei erledigt, ein Alkoholiker, ein Wrack, reif für die endgültige Entlassung aus dem Polizeidienst.«

Er brach in Gelächter aus.

»Das ist der reinste Science-Fiction-Film. Ein ehrlicher, intelligenter, idealistischer Beamter in der Police nationale!«

Der Wachtmeister Klasse vier nahm eine demütige Haltung an, bevor er sich an Mitch Ennberg wandte.

»Wenn er die Geisel behalten hat, dann sicherlich nicht, um uns anzuzeigen.«

»Ich beglückwünsche dich zu deinem Scharfsinn«, kicherte Mitch Ennberg.

»Er will um seinen Anteil verhandeln. Warten wir ab.«

Mitch Ennberg sah ihn an, als hätte sein Komplize einen Anfall von akutem Schwachsinn.

»Jeder Mensch ist käuflich«, beharrte der Polizist.

»Er ist bestimmt käuflich«, bekräftigte Nelson Arantes. »Das ist die Regel.«

»Wenn er nicht käuflich ist, bricht unser Universum zusammen«, sagte der Wachtmeister Klasse vier mit Nachdruck.

Mitch Ennberg gab keine Antwort. Sein Mann fürs Grobe hatte da einen wunden Punkt berührt. Die Mächtigen wie Ennberg hatten die Menschen immer mithilfe des Geldes kontrolliert, alles von ihnen erreicht. Dass jemand den Verlockungen des Dollars widerstehen könnte, ging über ihr Vorstellungsvermögen. Für sie war alles nur eine Frage des Betrags, der Zahlen. Das Geld musste über alles Widerstreben, über jeden Willen triumphieren. Gleichzeitig verspürten sie das ständige Bedürfnis, sich ihre Macht zu beweisen. Jetzt aber gab es ein dringenderes Problem zu regeln: die Geisel! Das war kein gewöhnliches Kidnapping. Das war eine Abrechnung zwischen zwei mächtigen Familien. Hier regelte man seine Streitigkeiten nicht mehr einfach an einem Tisch, sondern unter dem Tisch. Alle Schläge waren erlaubt. Mitch Ennberg jedoch ging weiter. Er schlug hart zu. Er war unerbittlich. Der kleine Johnny war Jacques Harras' Liebling, er würde die Bedingungen akzeptieren. Die Familie Harras würde ihre Ambitionen bei bestimmten lukrativen Regierungsaufträgen auf ein gerechteres Maß herunterschrauben. Sollte sie erfahren, dass der Kleine gar nicht in seiner Gewalt war, würde alles ins Wasser fallen. Mitch Ennberg kicherte innerlich. Was für eine verderbte Gesellschaft, dachte er.

Jede Menge Leute wissen, wer hinter der Entführung steckt, aber alle schweigen. »Wir sind alle Gauner«, freute sich Ennberg. »Wir folgen einem ungeschriebenen Gesetz des Schweigens, um uns gegenseitig zu schützen. Wir bekämpfen uns erbittert. Dennoch verstehen wir es, die Fassade zu wahren. Die Besitzlosen belagern uns. Sie dürfen unsere Schwächen nicht erraten, denn wenn sie einmal beschließen, uns fertigzumachen, sind wir unfähig zum Widerstand.«

»Er kann den kleinen Harras nicht lange behalten«, fuhr der Wachtmeister Klasse vier fort. »Er wird uns anrufen. Er hat Srarekos Handy.«

Hauptmann Nelson Arantes puhlte mit abwesendem Gesichtsausdruck an seinen Nägeln herum. Sein Interesse war es, alle Spuren auszulöschen, die darauf hindeuteten, dass gewisse Elemente des brasilianischen UNO-Kontingents in den Mord an General Racelba verwickelt waren. Er war entschlossen, Inspektor Azémar zu beseitigen. Die Geschäfte der großen haitianischen Familien waren im Moment nicht seine Hauptsorge. Dennoch würde Nelson Arantes seinen Anweisungen folgen, dachte Mitch Ennberg beruhigt. Durch ein gut beaufsichtigtes Teamwork hatte das Netzwerk eine Menge illegale Aktivitäten durchführen können. Aktivitäten, die Hunderte Millionen Dollar eingebracht hatten. Das war die große Stärke der Familien, die das Land beherrschten. Der Ausländer wurde sofort nach seiner Ankunft in ihre Kreise aufgenommen und lernte dort die Formeln einer neuen Alchimie kennen, mit der sich Elend in Gold verwandeln ließ. Das Ritual begann mit einem Lebensstandard, den der Ausländer zu Hause oft nicht genoss. Man kam voller Vorurteile ins Land, und schon bald wollte man von dort nicht mehr weg. Man tat alles, um zu bleiben, um von dem ungeheuren Abstand zwischen den Besitzenden und der riesigen Menge derer, die im Elend lebten, zu profitieren. »Wir sind Kraken«, dachte Ennberg. »Wir greifen uns alles mit unseren Tentakeln. Nichts kann uns widerstehen. Unsere größte Stärke: Wir sind Meister in der Kunst, unsichtbar zu bleiben. Von uns ist nur selten die Rede. Wir nehmen die Journalisten, die an unsere Ufer kommen, als Erste in Empfang, und im Nu haben wir sie formatiert.« So weit waren Mitch Ennbergs Betrachtungen gediehen, als das Telefon in dem Lederetui an seinem Gürtel klingelte. Er nahm das Gerät und schaute auf das Display. Es war Srarekos Nummer.

»Das ist er«, sagte Mitch Ennberg.

»Nehmen Sie ab«, riet Nelson Arantes.

»Hallo!«

»Monsieur Mitch Ennberg?«, erkundigte sich eine Stimme.

Mitch Ennberg ließ eine Breitseite von Beschimpfungen und Drohungen auf das Telefon los.

»Was wollen Sie?«, fragte er nach diesem neuerlichen Wutausbruch. »Sie haben nur wenig Chancen, aus diesem Wespennest wieder herauszukommen.«

Inspektor Azémar war ruhig geblieben. Im Moment hielt er das Heft in der Hand.

»Ich hätte alles auffliegen lassen und meine Vorgesetzten anrufen können«, bemerkte er. »Wie würde wohl Ihr Konkurrent Jacques Harras reagieren, wenn er wüsste, dass sein Sohn nicht mehr in Ihrer Hand ist?«

»Wie viel?«, brüllte Mitch Ennberg.

Der Inspektor schwieg einige Sekunden, als dächte er nach.

»Wie viel?«, beharrte Mitch Ennberg.

»25 Prozent des geforderten Lösegelds, das heißt 1 125 000 amerikanische Dollar. Keine falschen Scheine, wir kontrollieren alles.«

Mitch Ennberg fiel auf, dass der Inspektor »wir kontrollieren alles« gesagt hatte, als ob er nicht allein wäre. Er war darüber nicht besonders erfreut.

»500 000!«, schlug Mitch Ennberg vor. »Nicht einen Dollar mehr. Wir werden in den Verhandlungen mit dem Lösegeld runtergehen müssen.«

»750 000!«, sagte Azémar. »Das ist mein letztes Wort. Sonst gehe ich zu Jacques Harras und verständige Polizei und Presse.«

Der Mann war hartnäckig, gab Mitch Ennberg zu. Er würde sich nicht so leicht ausmanövrieren lassen.

»Einverstanden mit dem Betrag. Ich will das Kind so bald wie möglich.«

»Heute Abend«, sagte Azémar. »Sie kommen mit Hauptmann Nelson Arantes.«

»Warum Hauptmann Arantes?«, fragte Mitch Ennberg.

»Er ist jetzt wahrscheinlich bei Ihnen«, antwortete der Inspektor. »Ich will ihm etwas zeigen.«

»Was denn?«

»Ein Dokument, das ein Polizeikommissar aus General Racelbas Wohnung mitgenommen hat. Mit einer Namensliste und vielen Einzelheiten und Daten.«

Mitch Ennberg wiederholte für den Brasilianer, was der Inspektor gesagt hatte. Dieser reagierte kaum, aber in seinen Augen war kurz ein wilder Glanz zu sehen. Seine Hand krampfte sich um den Griff der Pistole an seinem Gürtel.

»Ich habe gesagt Sie beide«, wiederholte der Inspektor.

»Ich wähle den Treffpunkt aus«, sagte Mitch Ennberg.

»Kommt nicht in Frage«, wehrte Dieuswalwe Azémar ab. »Ich habe die Trümpfe in der Hand, Mitch Ennberg.«

»Also wo?«, knurrte Ennberg.

»In den Sandgruben von Laboule. Seien Sie um Punkt Mitternacht dort und schalten Sie Ihre Scheinwerfer dreimal aus und wieder ein, dann kommt Sie jemand abholen.«

Der Ort gefiel ihm nicht. Ein wahres Labyrinth. Im nackten Sand war es unmöglich, jemanden zu überraschen, auch nicht mitten in der Nacht.

»Sie lassen mir ja keine Wahl«, sagte Mitch Ennberg.

»Alles im Umkreis ist überwacht«, warnte Azémar. »Probieren Sie nicht, Ihre Männer in der Gegend zu platzieren. Wenn Sie versuchen, mir eine Falle zu stellen, kommt Sie das teuer zu stehen.«

»Haben wir Ihr Wort, dass Hauptmann Arantes und ich in dieser Geschichte nicht um unser Leben fürchten müssen?«

Azémar kicherte.

»Dieses Risiko müssen Sie eingehen, Mitch Ennberg, wenn Sie Ihre Geisel wiederhaben wollen. Aber keine Angst, mir geht es ums Geld. Was soll ich mit den Leben von zwei Parasiten wie Ihnen?«

Der Inspektor legte auf. Mitch Ennberg steckte das Handy wieder in sein Etui.

»Ich hatte es Ihnen gesagt«, frohlockte der Wachtmeister Klasse vier. »Wir sind alle käuflich.«

Mitch Ennbergs Telefon schrillte erneut. Es war sein rotes Telefon, wie er zu sagen pflegte, sein Krisentelefon. Er schaute auf das Display. Eine gefürchtete Nummer! Sein Herz machte einen Sprung in seiner Brust. Er ignorierte den Anruf. Das Gerät vibrierte erneut. Hauptmann Nelson Arantes und der Wachtmeister sahen ihn an. Sie bemerkten seine Unruhe und errieten sicherlich, wer der Anrufer war. Mitch Ennberg drückte auf die Annahmetaste.

»Ich habe gerade gehört, dass das Kind nicht mehr bei Ihnen ist. Soll das ein Scherz sein?«

»Wir lösen dieses Problem«, stammelte Mitch Ennberg.

Der Mann machte ihm Angst. Mitch Ennberg hatte gesehen, wozu er fähig war. Kein Bandenchef hatte je eine solche Macht, einen solchen Einfluss auf die Unterwelt von Port-au-Prince gehabt. Raskolnikow anzulügen, hieß sein Todesurteil zu unterzeichnen.

»Das sollten Sie. Es war vereinbart, dass ich das Kind nach den Verhandlungen bekomme. Jacques Harras wird leiden. Ich will seinem Kind vor seinen Augen die Kehle durchschneiden.«

Raskolnikow legte auf. Der war verrückt! Verrückter als er, Mitch Ennberg! Der Industrielle hätte den Bandenführer gern nach dem Grund für seinen Hass gefragt. Sein Hass war ein scharf geschliffener Dolch, eine ätzende Säure, eine glühende Lava. Man brauchte in Raskolnikows Gegenwart nur den Namen Jacques Harras zu nennen, und der Hass des Bandenchefs war mit Händen zu greifen. »Manchmal richtet der Hass einen zugrunde«, dachte Mitch Ennberg. »Sein Hass auf Jacques Harras wird ihn in die Knie zwingen, denn Raskolnikow würde alles geben, sein Leben und seine Macht, nur damit Jacques Harras vor ihm kriecht. Hasse ich Jacques Harras denn nicht? Ihn zu hassen, hieße mich selbst zu hassen. Wir ähneln uns. Es fällt uns nur schwer, uns an einen Tisch zu setzen, um eine Beute zu teilen, die für zwei Leute mit unserem Appetit zu klein ist. Also müssen wir zu extremen Mitteln greifen, um eine vorteilhafte Teilung zu erzwingen.« Mit Raskolnikow wollte sich niemand anlegen. Es war nicht bekannt, wer er war und woher er kam. Das steigerte den Schrecken, den der Bandit in der Stadt verbreitete.

Vor fünf Jahren war er plötzlich in den Slums im Norden von Port-au-Prince aufgetaucht. Seine Grausamkeit, seine blinde Gewalt hatten ihn zum gefürchtetsten Bandenführer des Landes gemacht. Die Armen bewunderten ihn, himmelten ihn an. Oft verteilte er seinen Raub in den Armenvierteln, etwa die Ladung jener Lebensmittellaster. Mitch Ennberg war davon nicht angetan gewesen, denn ein Viertel der Ladung gehörte ihm, aber er hatte es vorgezogen, sich nicht bei Raskolnikow zu beschweren, mit dem er zu viele Geschäfte abgewickelt hatte. Mitch Ennberg wusste indessen, dass bald Krieg zwischen ihnen herrschen würde. Er plante bereits unter Einsatz von Zehntausenden von Dollar die Beseitigung des Bandenchefs. Diesem Verrückten durfte das Kind nicht übergeben werden. Das hier war ein Kampf zwischen zwei großen Familien. Die Gefühle von einem Schuft aus den Slums, auch wenn der mächtig war, durften das Spiel nicht über Gebühr verfälschen.

»War er das?«, fragte der Wachtmeister Klasse vier.

Es war mehr eine Feststellung als eine Frage. Mitch Ennberg war schweißgebadet. Er nickte.

»Wir müssen diesen Polizeiinspektor erledigen«, sagte Hauptmann Arantes. »Der wird lästig.«

Seine Hauptsorge war diese Liste. Vielleicht bluffte der Inspektor. Mitch Ennberg und Hauptmann Arantes hatten indessen keine Wahl. Momentan hatte Inspektor Azémar die Rollen umgekehrt. Aber in diesem Raubtierkäfig, so dachten sie, würde ein kleiner Polizeiinspektor, so brillant er auch sein mochte, nicht das letzte Wort behalten.

XI

Der gepanzerte Nissan Patrol mit den getönten Scheiben verließ die befestigte Straße und bog in den kaum sichtbaren Weg zu der riesigen Sandgrube ein, die einen Teil des grünen Gebirges in eine Mondlandschaft verwandelt hatte. Die weißlichen Eingeweide des Berges leuchteten hin und wieder auf, als pulsierte die Erde, um der Finsternis Einhalt zu gebieten. Das makellose Weiß der Felsen und des Sandes war eine Herausforderung an den schwarzen Mond. Weiter wagte sich der Jeep nicht. In der Dunkelheit war es unmöglich, sich zu orientieren. Zahlreiche Pisten führten zu den Abbaustellen. Nur die Arbeiter der Grube fanden sich in diesem Labyrinth zurecht und waren in der Lage, den Fallen des Bodens auszuweichen. Mitch Ennberg am Steuer des Jeeps schaltete die Scheinwerfer aus und betätigte sie nach den Anweisungen von Inspektor Azémar. Nichts geschah. Nur die Grillen zirpten durch die Nacht. Der Wind hatte aus sehr weiter Ferne die bebenden Klänge einer Voodootrommel herbeigetragen. Neben Mitch Ennberg zeigte der Hauptmann seine Nervosität, indem er an seiner Unterlippe kaute. Auf den Knien hatte er ein automatisches Gewehr liegen.

»Es gibt keinen Grund, sich Sorgen zu machen«, sagte Mitch Ennberg. »Er will das Geld. Das ist der Coup seines Lebens. Was sollte er mit dem Kleinen anfangen, wenn er ihn behält?«

»Ich bin vorsichtig«, flüsterte Nelson Arantes. »Der Ort ist wie geschaffen für einen Hinterhalt.«

»Alles geht gut«, beruhigte ihn Mitch Ennberg. »Sie bekommen Ihre Dokumente. Im schlimmsten Fall wird er mit Ihnen verhandeln wollen. Er wird nie mehr sicher sein, das weiß er. Anschließend haben wir freie Hand, um ihn zu beseitigen.«

Nelson Arantes gab zu, dass sein Komplize recht hatte. Es kam darauf an, sich zu vergewissern, dass der Polizist die Dokumente in seinem Besitz hatte. Wie hatte er die Spur so schnell bis zu ihnen verfolgt? All das, weil Kommissar Solon auf eigene Faust beschlossen hatte, einem sorgfältig vorbereiteten Plan eine andere

Wendung zu geben, vielleicht wegen der Freundschaft, die ihn mit dem Inspektor verband. Er, Arantes, war seinen eigenen Interessen verpflichtet, sie waren seine einzigen Freunde.

Zwei Scheinwerfer durchlöcherten in hundert Meter Entfernung die Dunkelheit, ihre Lichtkegel zeichneten seltsame Arabesken auf die schwarze Tafel der Nacht. Hauptmann Nelson Arantes lud nervös sein automatisches Gewehr durch. Zwei Männer auf Motorrädern hielten in einer Staubwolke auf Höhe des Jeeps und bedeuteten Ennberg, ihnen zu folgen. Ennberg fuhr ihnen hinterher. In dem Sandnebel, der sie einhüllte, sah man nicht weiter als drei Meter. Schließlich fuhren sie einen steilen Abhang hoch und fanden sich auf einem vorspringenden Plateau wieder, wo einige von anonymen Händen behauene Felsen an Köpfe eines unbekannten Stamms von riesenhaften Taíno erinnerten, die man bis zum Hals im Sand eingegraben hatte. Einer der Motorradfahrer bedeutete Ennberg anzuhalten. Der andere näherte sich ihnen zu Fuß. Er befahl dem Fahrer des Jeeps, die Scheibe herunterzulassen.

»Steigen Sie aus«, sagte er. »Mit dem Geld und ohne Waffe.«

Mitch Ennberg nahm den Koffer vom Rücksitz. Der Brasilianer zögerte.

»Wir sollen ohne Waffe kommen«, sagte Mitch Ennberg. »Das Wichtigste ist jetzt, dass wir das Kind und die Dokumente wiederkriegen. Das Übrige sehen wir später.«

Der Brasilianer nickte. Mitch Ennberg öffnete die Tür. Kundige Hände durchsuchten ihn. Ebenso den Brasilianer. Dieser ließ es geschehen. Die beiden extraflachen, biegsamen Messer, die sich unter seinem Gürtel seiner Taille anpassten, würden sie nicht finden. Er war ein Experte im Messerwerfen geworden.

»Folgen Sie uns«, sagte einer der beiden Männer.

Sie gingen bis zum Ende des Plateaus am skelettdürren Hang des Berges, der von kleinen Mulden übersät war, als hätten irgendwelche seltsamen Geschöpfe dort ihre Nester gebaut. Ein Feuer erhellte die Szenerie. Dort stand ein einzelner Mann mit einer Pistole in der Hand. Es war Inspektor Azémar.

»Wo ist das Kind?«, rief Mitch Ennberg.

»Wir wollen das Geld sehen«, verlangte der Inspektor.

»Ich will keine Verwicklungen«, sagte Mitch Ennberg. »Bringen wir die Sache zu Ende.«

Er zeigte den Koffer vor. Einer der Männer von Azémar wollte ihn nehmen. Hauptmann Nelson Arantes ging dazwischen.

»Nein! Noch nicht. Ich will wissen, was mit der Liste ist.«

Der Inspektor antwortete trocken wie ein Peitschenknall:

»Ein Geschäft nach dem anderen, Hauptmann Arantes. Ich schließe mit Mitch Ennberg ab, und dann stehe ich zu Ihrer Verfügung. Zwei so unterschiedliche Angelegenheiten muss man auseinanderhalten.«

Einer der Zwillinge stieß Hauptmann Arantes beiseite und nahm Mitch Ennberg den Koffer aus der Hand.

»Zählt das Geld nach«, befahl der Inspektor.

Die Prüfung dauerte gute zwanzig Minuten. Mitch Ennberg wartete reglos ab, sicher, dass alles gut ausgehen würde. Er vertraute auf die Allmacht des Greenback. Nelson Arantes lauerte auf den geeigneten Moment, in Aktion zu treten. Er brauchte nur die Hände in Gürtelhöhe zu halten, seine Finger würden die beiden Messer lösen. Er beobachtete Azémar. Dessen Komplizen waren damit beschäftigt, das Geld nachzuzählen. Sobald das Ziel erreicht scheint, lässt die Aufmerksamkeit nach. Azémar glaubte sich sicher vor einer Überraschung. Seine beiden Gehilfen hatten ihn und Mitch Ennberg sorgfältig durchsucht.

»Das Geld stimmt«, sagte einer der beiden.

»Ihr wisst, was ihr noch zu tun habt«, sagte Dieuswalwe Azémar.

Die Zwillinge gingen mit dem Koffer hinter einen Felsen und verschwanden in der Nacht.

»Das Kind!«, schrie Mitch Ennberg, »wo ist es?«

»Bringt das Kind!«, rief Azémar.

Einer der Zwillinge kam mit dem Kind an der Hand zurück und übergab es dem Imspektor.

»Geben Sie mir das Kind jetzt«, sagte Mitch Ennberg. »In Geschäften hält man sein Wort.«

Azémar zeigte auf Mitch Ennberg.

»Willst du mit diesem Mann gehen, Johnny?«, fragte er.

»Nein«, sagte der Junge entschlossen.

»Ich tu dir nichts, Johnny!«, sagte Mitch Ennberg und versuchte, seine Stimme vertrauenerweckend klingen zu lassen. »Ich behalte dich nur, um dich zu schützen. Inspektor! Bringen Sie ihn mir. Das hat lange genug gedauert.«

»Lügner«, rief das Kind. »Er hat versprochen, mich Raskolnikow zu übergeben.«

»Raskolnikow!«, bemerkte Azémar mit gespieltem Erstaunen. »Dem Bandenchef! Sie pflegen ja seltsamen Umgang, Mitch Ennberg.«

»Geben Sie mir das Kind!«, brüllte Mitch Ennberg erneut. »Das war verabredet.«

»Ich werde das Kind tatsächlich übergeben, Mitch Ennberg, aber nicht Ihnen. Sie sind bald tot. Ich lasse Sie nicht davonkommen. Dieses Land hat genug von Ihnen.«

»Vor den Augen dieses Kindes werden Sie mich schon nicht hinrichten«, antwortete Mitch Ennberg herausfordernd. »Entweder Sie bluffen, oder Sie sind noch schlimmer als wir.«

Azémar hatte auf Mitch Ennberg angelegt und widerstand, er wusste nicht wie, seinem Verlangen, auf den Abzug zu drücken. Er kämpfte gegen etwas in seinem Inneren, jenes Ding, das der Hexer ihm in den Arm eingenäht hatte und das jedes Mal, wenn er in einer heiklen Lage war, Besitz von ihm ergriff und seine Hemmungen zu töten verringerte. Das Kind betrachtete ihn fasziniert. Die kindliche Unschuld war eine überholte Vorstellung. Er musste diesem Tötungstrieb widerstehen. Es ging fast über seine Kräfte. Er hatte geglaubt, über seine Möglichkeiten hinauszugehen. All das für Mireya. Nie mehr dürfte sie seinetwegen in Gefahr schweben. Eines Tages würde er zwangsläufig versagen, und seine Tochter würde den Wölfen zum Opfer fallen. Er musste abdrücken. Kakerlaken tötet man ohne Zögern, und Mitch Ennberg war eine. Eine bedeutende Kakerlake. Eine Kakerlake, die ihre verderblichen Flügel über die ganze Insel breitete. Aber es gelang ihm nicht. Nicht vor den Augen des Kindes. Es war idiotisch: Mitch Ennberg zu verschonen, hieß zehntausende, ja hunderttausende Leben in Gefahr zu bringen. Auch das Kind war vielleicht eine zukünftige Kakerlake. Heute unschuldig, morgen zukünftiges Raubtier. Seine Unentschlossenheit schmerzte ihn. Nelson Arantes nutzte diesen Moment aus. Seine Finger ergriffen die Messer und sein Arm schnellte mit all der Präzision vor, die er in jahrelangem geduldigen Training erworben hatte. Nur eine Klinge traf ihr Ziel und drang in die Schulter des Inspektors ein. Dieser reagierte womöglich noch, bevor das Metall in sein Fleisch eindrang. Er schoss zweimal. Ennberg brach, in die Stirn getroffen, im Sand zusammen. Der überraschte Nelson Arantes sank mit einer Kugel in der Brust in die Knie, seine Hand umklammerte seine Wunde.

»Die Liste«, brachte er trotz allem hervor. »Die Liste.«

»Ich habe keine Liste«, sagte Azémar. »Jedenfalls noch nicht. Aber dafür habe ich etwas für dich von Amanda Racelba und Madame Excès.«

Er erschoss den Brasilianer. Mit zusammengebissenen Zähnen riss er das Messer heraus, das immer noch in seiner Schulter steckte. Die kalten Läufe zweier Waffen drückten sich an sein Genick.

»Du bist immer noch in Form, Inspektor.«

Diese Stimme kannte er doch. Eine etwas heisere Tenorstimme, die ständig zu brechen drohte. Er wünschte, er hätte sich getäuscht, aber es war kein Irrtum.

»Wirf deine Waffe weg!«, befahl eine andere Stimme.

Der Inspektor widerstand dem Ruf des *garde* in ihm. Er hätte reagieren, im Handumdrehen die Oberhand gewinnen können. Er musste lernen, diesem Ding standzuhalten. Landeng hatte ihm nichts geschenkt. Er gehorchte. Er musste erfahren, was vor sich ging!

»Dreh dich langsam um«, befahl die erste Stimme.

Der Inspektor gehorchte. Drei Männer in schwarzen T-Shirts legten mit automatischen Gewehren auf ihn an. Das Interesse des Inspektors galt dem Mann mit der Kapuze. Dieser hatte das Kind brutal an sich gerissen und drückte es mit dem linken Arm fest an sich. Das Kind weinte verschreckt. Der Mann mit der Kapuze hielt eine Magnum drohend in der rechten Hand.

»Wo sind meine Männer?«, fragte Azémar.

»Mach dir um sie keine Sorgen, Dieuswalwe Azémar. Ihnen kann ich nichts antun.«

Er machte eine Handbewegung in Richtung seiner Männer.

»Waffen runter.«

Sie gehorchten ohne zu zögern. »Seine Autorität ist bemerkenswert«, dachte Azémar. »Was für ein Fortschritt auf dem Weg des Bösen ... Ist das die Freiheit?«

»Ich bin Raskolnikow«, sagte der Mann mit der Kapuze.

»Nein, das bist du nicht«, antwortete Azémar.

Der Mann mit der Kapuze bedrohte ihn mit seiner Waffe.

»Warum soll ich das nicht sein?«

»Dieser Figur ging es nicht um Rache. Du, du stehst am Rand. Du schreibst ein anderes Buch. Ein weiteres Kapitel im Buch unseres kollektiven Wahns, Pierre Quartier.«

Der Bandit schien versteinert von dem Namen, den der Inspektor genannt hatte. Der auf Azémar gerichtete Lauf zitterte. Er musste gegen seinen nervösen Abzugsfinger ankämpfen. Die Zeit erstarrte. Die beiden Männer maßen sich in einem Raum, dessen Codes anscheinend nur sie kannten. Raskolnikows Leute glaubten, ihr Chef werde abdrücken und den Polizisten auf der Stelle erschießen. Die Hand des Banditen sank an seinem Körper herunter, als trüge sie ein zu schweres Gewicht.

»Wie hast du von mir erfahren, Dieuswalwe?«, fragte er zornig.

Er nahm die Kapuze ab. Dieuswalwe Azémar wich verblüfft zurück. Durch Nachdenken und genaues Beobachten hatte er zwar, wenn auch zu spät, herausgefunden, wer der Bandenchef war, aber manche intellektuellen Gewissheiten fassen in der Realität nur schwer Fuß. Die ganze Zeit über hatte er geglaubt, Pierre Quartier sei tot. Ihn jetzt zu sehen, war, als ob die Halluzinationen, die im Moment in seinem tiefsten Inneren verborgen lagen, noch kraftvoller als zuvor nach oben drängten. Seine Delirien speisten sich immer aus seinen Ängsten, seinen Gewissensbissen, seiner Wut, aus der erschreckenden Ohnmacht, mit der ihn die Wächter des Traumes straften. Er erlebte möglicherweise eine andere Wirklichkeit, eine explosive Mischung aus Alkoholentzug und der Wirkung der Medikamente. Pierre Quartiers Leiche war entstellt und unkenntlich aufgefunden worden, aber sie hatte die Kleider angehabt, die der Dichter bei seiner Entführung getragen hatte. Dieselbe Statur. Neben ihr hatten Pierre Quartiers Portemonnaie und zerrissene Manuskriptseiten gelegen.

»Nein«, schrie Azémar und hielt sich eine Hand vor die Augen, als wollte er sich vor einem gefährlichen Licht schützen. »Bin ich dazu verurteilt, zuzusehen, wie meine Freunde immer tiefer sinken? Das kannst nicht du sein! Dieser Betrug! Der Hass und die Gewalt legen uns in Ketten, Pierre Quartier. Wir sind nicht mehr frei, wenn sie uns in der Hand haben.«

Pierre Quartier schüttelte den Kopf und setzte eine mitleidige Miene auf.

»Du hast nichts begriffen, Dieuswalwe. In manchen Individuen erwecken die Nackenschläge des Lebens den Wunsch, zur Freiheit zu gelangen. Mir hat meine Gefangenschaft die Augen geöffnet. Als ich entführt wurde, haben die Leute wie Jacques Harras, für die ich gearbeitet habe, keinen Finger gerührt. Meine Freunde, du, ihr habt in der Hoffnung, mich zu retten, das Unmögliche wahr gemacht, um das Lösegeld zusammenzubekommen.«

»Was soll ich begreifen, Pierre Quartier?«, fragte Azémar, in dessen Kopf es brannte.

»Meine Entführer wollten mich töten«, fuhr Pierre Quartier fort. »Sie haben mich geschlagen und dabei gesagt: ›Du hast für Leute gearbeitet, für die du kaum was Besseres bist als ein Furz. Wir schneiden dir die Zunge ab und reißen dir die Finger aus, denn deine Gedichte, deine Worte, hast du ausgestrichen, als du dich mit diesen Blutsaugern eingelassen hast.‹ Ich habe sie überrascht, indem ich geantwortet habe: ›Tötet mich ruhig, ihr habt recht. Aber wenn ihr mich am Leben lasst, dann übertreffe ich euch noch.‹ Endlich waren meine Worte zu etwas nütze, Dieuswalwe. Mit meinem Hass habe ich meine Peiniger umgedreht. Mein Hass hat sie überwältigt. Ich hatte die Idee zu dieser Inszenierung, mit der wir meinen Tod vorgetäuscht haben. Der Hass war das Tor zur Freiheit. Der Hass hat die Ketten gesprengt, die diese Moral mir an den Hals, die Handgelenke und die Füße geschmiedet hatte.«

»Warum all das Blutvergießen?«, brüllte Azémar. »Muss man zum Wolf werden, um die Wölfe zu bekämpfen?«

»Heb deine Waffe auf«, befahl Pierre Quartier.

Azémar nahm seine Beretta vorsichtig wieder an sich. Raskolnikows Männer legten erneut auf ihn an. Ihr Chef rief sie zur Ordnung.

Er sagte einen rätselhaften Satz:

»So sei es, Dieuswalwe Azémar.«

»Würdest du es mir bitte erklären?«, fragte der Polizist erneut. »Kommissar Solon? Hat er nie erfahren, was aus dir geworden ist?«

»Nein! Die Chefs meiner Entführer hatten Anweisung gegeben, mich zu töten. Aber einer der Kidnapper hatte einige meiner Gedichte gelesen. Ich konnte sie mit meinen Worten überzeugen, mit meinen Eingeweiden, meinen Blut, aber vor allem mit meinem Hass, Dieuswalwe. Die Schurken auf beiden Seiten der Barrikade haben alle geglaubt, ich sei tot.«

»Ist dir klar, was du machst, Pierre Quartier? Du mit diesen Leuten! Sie töten, sie vergewaltigen. Das ist die Quadratur des Teufelskreises! Warum?«

»Warum? Sie haben mich im Stich gelassen«, brüllte Pierre Quartier. »Ich lasse sie ihre Verachtung und ihren Hochmut herunterschlucken. Sie verachten uns, Dieuswalwe Azémar. In ihren Augen taugen wir nur zu ihren Knechten, ihren Lakaien.«

»Es stimmt, sie verachten uns«, sagte Dieuswalwe Azémar. »Aber ich tue, was ich zu tun habe. Ihre Verachtung können sie sich in den Arsch stecken. Ihre Verachtung macht mich nicht zu jemand anderem, zu keiner Kakerlake wie ihnen. Dein Hass hat dir nicht das Tor zur Freiheit geöffnet, er hat dich eingesperrt, Pierre Quartier.«

»Du redest wie Sonia«, bemerkte Pierre Quartier.

»Ha!«, rief der Inspektor aus. »Du hast sie getroffen, das habe ich geahnt! Auch zu spät! Du bist jemand anders geworden, Pierre Quartier. Kannst du wieder zur Vernunft kommen?«

»Ich bin nicht jemand anders«, gab Pierre Quartier zurück.

»Doch. Sonst lass das Kind frei. Lass es zu mir kommen. Es muss zu seinen Eltern zurück. Freiheit bedeutet, dass man fähig ist, über seinen Schmerzen, seinem Leid und seinen Sehnsüchten seinen Weg zu gehen. Die Zukunft wird uns das Recht verleihen, Johnny Harras zu sanktionieren.«

In Pierre Quartiers Blick erschien ein irrer Glanz.

»Ich habe für Jacques Harras gearbeitet«, sagte er. »Er und seine Freunde haben mich fallengelassen wie einen Hund. Sie waren bereit, mich verrecken zu lassen. Wären Sie mit einem der Ihren ebenso verfahren? Nein, Dieuswalwe. Ich habe mit Mitch Ennberg alles organisiert. Er hat seine Differenzen mit Jacques Harras geregelt, ich habe meine eigenen. Jacques Harras wird vor mir kriechen, wenn er seinen Sohn wiedersehen will. Ich werde seinem Kind vor seinen Augen die Kehle durchschneiden.«

Niemals hatte Dieuswalwe Azémar so viel Gewalt, so viel Hass bei jemandem gespürt. Pierre Quartier war im Spektrum seiner Gedichte ans andere Ende gedriftet. Er hatte eine Grenze überschritten. Er war zu einem verletzten Tier geworden, bei dem das Leid die bestialischste Wildheit zutage treten lässt.

»Du hast eine Chance, wieder der wahre Pierre Quartier zu werden«, stöhnte Azémar. »Lass dieses Kind frei, Pierre Quartier. Dein Schmerz ist verständlich. Dieser Hass wandelt mich oft an. Ich bin nicht unversehrt aus der sogenannten Operation Bagdad hervorgegangen, diesem Moment des Terrors, den die Anhänger des ehemaligen Priesters veranstaltet haben. Man hat mich dazu gebracht, einen guten Menschen zu töten. Du hast keine Ahnung, was ich durchmache, wozu ich mich entschlossen habe, seit ich diese grässliche Wahrheit entdeckt hatte. Aber ich werde immer Dieuswalwe Azémar mit zwei W sein. Man hat geglaubt, ich würde untergehen. Manche bereuen es bitter. Andere werden es noch bereuen. Pierre Quartier, ich bitte dich, es ist noch Zeit. In dir ist Wahrheit und Güte. Lass dieses Kind frei. Tu es im Namen unserer Freundschaft.«

Azémar richtete seine Waffe auf seinen Freund.

»Lass ihn frei.«

Raskolnikows Männer reagierten sofort. Quartier rief ihnen zu, sie sollten nicht eingreifen. Anstatt das weinende Kind als Schild zu benutzen, hielt er es an seiner Seite, ohne es jedoch loszulassen, und bot so dem Polizisten seine Brust.

»Dann schieß, Dieuswalwe. Schieß, wenn du fähig bist, dieses Kind dem Dreckstück Jacques Harras zurückzugeben. Dafür musst du auf mich schießen.«

»Gib mir dieses Kind«, beharrte der Polizist, »es ist unschuldig.«

»Unschuldig! Wie lange noch, Dieuswalwe? Hier steht der Erbe eines Imperiums, das mit dem Blut dieses Landes errichtet wurde.

Sind wir frei, weil wir im Namen einer gewissen Moral dieses Kind am Leben lassen müssten?«

»Ich will dieses Kind«, grollte Azémar.

»Niemals«, beharrte Quartier. »Ich nehme es mit, und du gehst nach Hause. Die Brasilianer werden dich in Ruhe lassen. Gib ihnen zu verstehen, dass du die Liste an einem sicheren Ort verwahrt hast.«

Azémar tat die Schulter weh. Er wusste nicht, woher er die Energie nahm, um den Arm oben zu halten. Die Waffe lag zu schwer in seiner Hand. Es war nicht mehr er, der die Pistole hielt.

»Lass das Kind zu mir kommen«, sagte Azémar röchelnd mit Tränen in den Augen.

»Nein«, antwortete Quartier, »ich nehme es mit.«

Das Kind schrie.

»Lass mich nicht im Stich, Dieuswalwe.«

Dieuswalwe Azémar glaubte, seine Tochter Mireya zu hören. Seine Waffe knallte zweimal. Pierre Quartier sah den Inspektor verblüfft an. Er versuchte, den Arm zu heben, möglicherweise, um mit seinem Revolver zurückzuschießen, dann fiel er tot mit dem Gesicht in den Sand. Raskolnikows Männer hatten die Szene wie gelähmt beobachtet. Der Inspektor war bereit zu reagieren. Er konnte schneller sein. Sie machten kehrt und verschwanden in der Nacht. Ihr Chef war tot, sie hatten hier nichts mehr zu schaffen. Vor allem mussten sie sich nun auch nicht mehr für das Geld rechtfertigen, das sie heimlich von Mitch Ennberg erhalten hatten. Das Kind stand weiter da, schluchzend, unfähig, sich von der Stelle zu rühren, denn noch im Tod hielt Raskolnikow es am Handgelenk fest. Azémar löste das Kind aus dem Griff der Leiche.

»Komm«, sagte er. »Alles ist vorbei.«

Nun musste er Kommissar Dulourd anrufen.

XII
EINE WOCHE SPÄTER

Der Schaukelstuhl, auf dem er saß, trieb auf einem Meer der Finsternis. Ihn streiften die häutigen Flügel monströser Kreaturen. Jedes Mal versuchte er den Weg des Raubtiermaules zu erraten, das mit einem Biss seinen Kopf abreißen, seinen Hals durchtrennen konnte. Sein Herz hämmerte weiter in seiner schmächtigen Brust, der schon der angstbeschleunigte Atem zusetzte.

Trotz allem wäre er gern für immer in diesem imaginären Universum geblieben, damit aus der ihm bekannten Wirklichkeit nicht das Klingeln zu ihm drang, das die Ankunft seiner Tochter Mireya und Madame Baptistes ankündigte. Letztere hatte sich bereitgefunden, das Kind ins Ausland zu begleiten. Er hatte schließlich seiner schlimmsten Befürchtung nachgegeben. Während seiner Kur hatte ihm alles diesen Entschluss nahegelegt. Mireya hier in Reichweite seiner Augen, in Reichweite seines Herzens zu halten, hieß sie allen Gefahren dieses Landes auszusetzen. Mireya war seine Achillesferse. In einem Dschungel war die Liebe eine Schwäche, die einen den Raubtieren mit gefesselten Händen und Füßen auslieferte. Mit Mireya würde man ihn in die Knie zwingen. Mit Mireya würde man ihn erledigen. Er hatte sich gerade ein weiteres Mal davon überzeugen können. Dafür, dass er Mireya hatte retten können, musste er jenem Gott dankbar sein, zu dem seine Eltern ihn als Kind jeden Tag hatten beten lassen. Er hatte diesen Gott vergessen, abgelehnt. Dieses Land war die Verneinung der Vorstellung von einem wohltätigen Gott, dem die Menschheit am Herzen lag. Eines Tages würde er nicht mehr die Kraft zum Kämpfen haben. Was er trotz der Verheerungen durch seine Kur hatte erreichen können, war ein Wunder. Seine Wut, sein Zorn, auch seine Verzweiflung hatten seine Sinne einige Stunden lang einsatzfähig gehalten.

Die Klingel versetzte den Sessel in eine schwingende Auf- und Abbewegung. Eine Berg- und Talbahn mitten auf dem Ozean. Er unterdrückte ein Röcheln. Gern hätte er wie früher seine Eltern gesagt: »Mein Gott! Gib mir die Kraft, das Leid zu ertragen, wie dein Sohn Jesus es am Kreuz ertragen musste.« Jesus hatte das Kreuz einen Nachmittag getragen und war vor Sonnenuntergang gestorben. Er trug sein Kreuz seit Jahren jeden Tag. Jeden Abend starb er bei Sonnenuntergang, verging in einer von *soro* und Sex pulsierenden Nacht. Wenn er aufwachte, schmeckte die Rückkehr ins Leben fade. Er fand sich in einer Hölle wieder, die er frenetisch wie ein Gestörter von ihrem Schlamm und ihrem Dreck zu reinigen versuchte. Er hatte Mitch Ennberg erschossen, anstatt ihn der Justiz zu übergeben. Die hiesige Justiz stand unter dem Befehl der Familie Ennberg. Wäre Mitch Ennberg für einige Tage ins Gefängnis gewandert, dann wäre das nur ein Täuschungsmanöver gewesen, eine Geste für die Ausländer. In einer Welt, in der offene Brutalität aus der Mode kam, waren die internationalen Einrichtungen nicht bereit, diese Neger einfach ihre Faxen treiben zu lassen. Würde die Welt ohne Mitch Ennberg wenigstens besser werden? Raskolnikow – Pierre Quartier – hatte ihn gewarnt. Er hatte das Kind gerettet. Was hätte er, der ehrliche, unbestechliche Polizist, auch anderes tun können? Das Kind trug den Namen Harras. Es war auch der Sprössling einer Familie, die dieses Land zerstückelte, die Geschichte in einer Sackgasse gefangen hielt, denn so konnte man das Elend in Gold verwandeln. Johnny Harras würde bald der neue Herr werden, ein weiterer gewählter Politiker, ein weiterer legaler Bandit, wie ein im Land zurzeit sehr gebräuchlicher Ausdruck lautet.

Er fasste wieder Fuß in der Wirklichkeit, in seinem schäbigen Zimmer, dessen Teppichboden er hatte entfernen lassen. Er hatte den Geruch nach Erbrochenem und vor allem den Gestank nach Blut, dem Blut von Amanda Racelba, das den Teppich getränkt hatte, nicht mehr ertragen können. Er stand ein wenig torkelnd auf, nahm zwei Tabletten und ging die Tür öffnen. Er wirkte wie ein Mann, der zum Galgen ging. In einigen Stunden würde das Flugzeug Mireya nach Florida mitnehmen, und er würde einen langsamen Tod sterben, erstickt von diesem Land, vergiftet von seinen Ausdünstungen. Beim Erdbeben hatte ihn der Beton verschont, jetzt aber würde ihn nichts vor dem endgültigen

Niedergang retten. Er hatte die richtige Entscheidung getroffen, versuchte er sich ein weiteres Mal zu überzeugen. Vor seiner Überfahrt ins Land der Schatten war es ihm zumindest gelungen, seine Tochter in Sicherheit zu bringen. Das Geld von Mitch Ennberg würde nur dazu dienen, Mireya in der Fremde ein anständiges Leben zu ermöglichen. Er würde keinen Centime davon anrühren. Diesen Preis musste er zahlen, wenn er die zwei W in seinem Namen behalten wollte. Er hörte eine Stimme, die ihm ins Ohr flüsterte: »Fordert die Liebe ein solches Opfer, Dieuswalwe? Ich, dein Vater, habe mich nie verleugnet, auch nicht für dich, meinen Sohn, Fleisch von meinem Fleisch. Und dabei war ich oft in einer schwierigen Lage.« Er versetzte sich eine Ohrfeige auf die linke Wange und schüttelte heftig den Kopf, um die störende Stimme loszuwerden. Er öffnete die Tür. Auf der Schwelle stand nicht Madame Baptiste, sondern Kommissar Dulourd in Begleitung zweier brasilianischer Offiziere von den Truppen der Vereinten Nationen.

»Wir möchten gern mit Ihnen sprechen, Inspektor Azémar«, sagte Kommissar Dulourd.

Der Inspektor trat beiseite, um die Besucher einzulassen.

»Sie müssen leider stehen«, entschuldigte er sich. »Ich räume gerade meine Wohnung aus, ich versuche, mein Mobiliar zu erneuern.«

»Es wird nicht lang dauern«, beruhigte ihn Kommissar Dulourd. »Macht Ihre Kur Fortschritte?«

Azémar nickte. Die beiden Offiziere von den Vereinten Nationen hielten einen starren Blick ohne Lidschlag, ohne Ausdruck auf ihn gerichtet. Sie sahen aus wie zwei Wachspuppen.

Kommissar Dulourd hustete, bevor er das Wort ergriff.

»Dank Ihnen, Inspektor, bin ich zum bekanntesten Offizier der Police nationale geworden. Wir konnten Johnny Harras wiederfinden und sowohl die Bande von Mitch Ennberg als auch die noch gefürchtetere von Raskolnikow zerschlagen. Wie versprochen werde ich vor Ihrer Liebe zum *soro* die Augen verschließen. Die Entscheidung liegt bei Ihnen: Sie können aufhören oder weitermachen. Ihr Freund Kommissar Solon, er ruhe in Frieden, hätte Ihnen geraten aufzuhören, ich rate Ihnen dasselbe. Ich verspreche

Ihnen, Sie zu schützen, wie es mein Vorgänger getan hätte, freilich im Rahmen meiner Möglichkeiten. Sie können aber zumindest auf meine ... Neutralität zählen.«

»Danke, Herr Kommissar«, sagte Inspektor Azémar.

Nur um ihm dies mitzuteilen, war der Kommissar nicht mit zwei Offizieren von den Vereinten Nationen hierhergekommen. Azémar wartete ab, was folgte.

»Die beiden Offiziere haben mich begleitet, weil sie Sie davon überzeugen möchten, ihnen die Dokumente zu General Racelba zu übergeben. Sie möchten sie wirklich gern wiederhaben. Sie haben ihr Wort als Offiziere. Sie werden wegen des Mordes an Amanda Racelba nicht behelligt.«

Der Inspektor setzte sich auf den alten Schaukelstuhl. Er war krank. Es stand ihm zu, über den Sessel zu verfügen und seine Besucher stehen zu lassen.

»Diese Unterlagen sind die Gewähr dafür, dass ich am Leben bleibe«, bemerkte er. »Wenn ich sterbe oder vermisst bin oder wenn meiner Tochter irgendetwas geschieht, dann werden diese Dokumente an einflussreiche Journalisten und Richter in Brasilien geschickt. Die brasilianische Justiz und die Armee werden es nicht dulden, dass die Ehre dieses großes Landes befleckt wird.«

Kommissar Dulourd wandte sich den beiden Offizieren zu und übersetzte Inspektor Azémars Worte ins Portugiesische. Die Gesichter der beiden Männer blieben steinern, aber die Hand eines der beiden krampfte sich unmerklich um den Griff seiner Waffe. Ein Mitglied des Netzwerks, von dem Srareko gesprochen hat, dachte Azémar. Das Netzwerk, von dem General Racelba die Armee säubern wollte.

»Schön«, sagte der Kommissar nach einer kurzen Beratung mit den beiden Brasilianern. »Auf Ihr eigenes Risiko, Inspektor.«

Azémar sah sie unverwandt an.

»Auch auf das Risiko dieser beiden Herren, Herr Kommissar. Wahren wir das Gleichgewicht, ich will nicht sagen unter Gentlemen. Diese Männer sind keine Gentlemen. Sie betrachten unser Land als einen Saustall.«

Kommissar Dulourd wagte nicht zu übersetzen. Azémar stand auf und grüßte seinen Vorgesetzten martialisch.

»Sehr erfreut über Ihren Besuch, Herr Kommissar.«

Der Kommissar ignorierte den Gruß und wollte zu verstehen geben, dass das Gespräch beendet war, doch der Offizier, dem man seinen Ärger angesehen hatte, schob ihn weg, um dem Inspektor direkt in die Augen zu sehen.

»Wir machen bei diesem Pokerspiel nicht mit, Inspektor Azémar«, sagte er auf Französisch. »Sie haben sechs Stunden, nicht länger, um uns zu beweisen, dass Sie im Besitz der Dokumente sind.«

Der Inspektor hielt dem Blick des Brasilianers stand, ohne mit der Wimper zu zucken.

»Ich bin kein Pokerspielen«, antwortete er.

Der Brasilianer überhörte seine Antwort. Er holte eine Karte aus einer Tasche seiner Uniform.

»Auf dieser Karte steht eine E-Mail-Adresse.«

Er reichte sie ihm. Der Inspektor nahm sie, ohne zu zögern. Sie maßen sich erneut mit dem Blick.

»Sechs Stunden ab jetzt. Ansonsten können Ihre Tochter und Sie sich nirgendwo mehr verkriechen.«

Kommissar Dulourd vermied es, Inspektor Azémar anzusehen. Nachdem seine Besucher gegangen waren, verharrte der Inspektor im Stehen, starr, beide Hände an die Stirn gepresst, als wäre er mit einem Candomblé-Fluch* belegt worden.

*

Der Inspektor hatte sein Auto am Rand der löchrigen Asphaltstraße geparkt. Von hier aus hatte man einen interessanten Blick auf einen Teil der Startbahn des internationalen Flughafens von Port-au-Prince. Eine Polizeipatrouille in einem Jeep, der aussah wie vom Autofriedhof auferstanden, hatte angehalten, um ihn zu fragen, was er dort machte. Der Ort war oft von Banditen verseucht, die die Arbeiter der hier gelegenen Zuliefererfabriken ausraubten. Er hatte seine Dienstmarke vorgezeigt. Sie empfahlen ihm, sich vor jeder unbekannten Person in Acht zu nehmen, die sich seinem Fahrzeug näherte. Der Inspektor dankte ihnen. Er erklärte ihnen, dass er hier sei, um dem Abflug der Maschine zuzusehen, die seine Tochter in die Vereinigten Staaten brachte.

Vielleicht würde sie nie wiederkommen. Er wischte eine Träne weg. Die Polizisten verabschiedeten sich unter Mitleidsbekundungen.

Er holte die Flasche *soro* unter seinem Sitz hervor. Er wusste noch nicht, ob er in diesem schweren Moment ein weiteres Mal gegen seinen Entzug verstoßen sollte. Die Halluzinationen wurden seltener. Er vermisste sie fast, denn er hatte sich an dieses fantastische Universum, gewalttätige Ausgeburt all seiner Ängste, schon gewöhnt. Er setzte sich auf die Motorhaube, stellte die Flasche neben sich, zündete eine Zigarette an und tat einen Zug. Das abgedroschene Bild vom Verurteilten, der seine letzte Kippe raucht, kam ihm in den Sinn, als er zwei Jugendliche, einen davon mit Baseballkappe, bemerkte. Sie kamen auf ihn zu und versuchten dabei vertraueneinflößend zu wirken. Er ließ seine Pistole sehen. Sie machten vorsichtig kehrt und überquerten die Straße, um mit einem Mann zu plaudern, der dort Telefonkarten und Gesprächsminuten verkaufte.

Der Inspektor schaute auf seine Uhr. Halb vier. Das Flugzeug hätte bereits abheben müssen, es war verspätet. Er untersuchte die Startbahn mit dem Fernglas. Die Maschine stand noch auf ihrer Parkposition. Er prüfte, wo die beiden Gauner waren. Sie waren verschwunden. Zu Recht hatten ihn die Polizisten zur Vorsicht ermahnt.

Er rief sich die Worte des brasilianischen Offiziers ins Gedächtnis zurück, der mit Kommissar Dulourd zu ihm gekommen war. Man drückte ihn an die Wand und zwang ihn, seine Karten für die Verhandlungen auf den Tisch zu legen. Wenn die Partie weiterging, hatte er keine Chance davonzukommen. Er machte sich Sorgen um Mireya. Der Brasilianer hatte ihn gewarnt. Seine Tochter wäre nirgendwo in Sicherheit. Vielleicht bluffte er. Wenn er seine Tochter auf amerikanischem Boden angriff oder ermordete, würde es zwingend zu einer Untersuchung kommen. Ihn hingegen schützte hier nichts. Das Räderwerk der Schufte, die in allen Institutionen saßen, würde ihn zermalmen. Er hatte keine Chance, es sei denn, er fand die Dokumente. Sechs Stunden, hatte der Offizier gesagt. Ihm blieben kaum zwei.

Hatte Kommissar Solon die Unterlagen in Händen gehalten? Wenn er nicht behelligt worden war, nachdem er den Plan des

Netzwerks zum Scheitern gebracht hatte, dann hatte auch er beweisen müssen, dass er sie besaß. Er hatte sie an einem sicheren Ort verwahrt.

Er versetzte sich in die Haut des Kommissars an dem Abend, als der am Tatort angekommen war, am Ort des Verbrechens, das er, Dieuswalwe Azémar, gesteuert von Srareko und seinen Drogen, verübt hatte. Der Kommissar hatte die Dokumente in diesem Moment an sich genommen. Wem hatte Solon sie anvertrauen können? Jemandem, der Antworten zu diesem Fall liefern konnte. Dieser jemand war vielleicht er, Dieuswalwe Azémar. Er konnte sich jedoch nicht entsinnen, von Solon Dokumente zur Aufbewahrung erhalten zu haben. Es sei denn, er hatte sie ohne sein Wissen empfangen, verborgen in etwas, das so kostbar war, dass er es aufheben würde, bis er die Wahrheit entdeckte. Er jagte einer Schimäre nach. Die Chance, dass dieser wirre Gedankengang zu einem Ergebnis führte, war verschwindend gering. Trotz allem wollte er seine Überlegungen fortführen, auch wenn er nur über diese unzusammenhängenden Anhaltspunkte verfügte. Er nahm das Telefon, das er Michel noch nicht zurückgegeben hatte, und wählte die Nummer des Informatikers.

»Dieuswalwe!«, rief Michel aus. »Ich hab mir Sorgen um dich gemacht.«

»Ich erklär dir alles«, sagte der Inspektor. »Im Moment möchte ich, dass du mir sofort ein paar Fotos schickst.«

»Welche?«

»Die, auf denen ich das Zimmer, in dem der General ermordet wurde, am besten sehen kann. Ich will ein paar, auf denen ich mit dem General zu sehen bin, und die anderen, die aufgenommen wurden, nachdem Kommissar Solon da war.«

»Kein Problem. Ich schicke sie dir in ein paar Sekunden. Wofür brauchst du sie?«

»Ich weiß es noch nicht. Bitte beeil dich.«

Er beendete das Gespräch. Auf dem Rollfeld wurde die Maschine zum Startplatz dirigiert. Die Hände des Inspektors begannen zu zittern. Er glaubte zu sehen, wie eine riesige Spinne durch das Gras krabbelte. »Nein! Nicht jetzt«, stöhnte er. Er zog den Korken aus der *soro*-Flasche. Das Flugzeug rollte langsam an. Als er die

Flasche an die Lippen führte, vibrierte das Telefon. Er stellte die Flasche wieder ab und blickte auf das Display. Die Fotos waren angekommen. Er vergrößerte sie. Auf dem ersten beugte er sich, die Tatwaffe noch in der Hand, über die Leiche des Generals. Er spielte mit den verschiedenen Fotos und prägte sich dabei alle Details ein. Ein kleiner Tisch mit Nippes. Ein Bild an einer Wand. Ein Teppich aus Ziegenfell. Bücher in einem Regal. Eine Zigarrenkiste erregte seine Aufmerksamkeit. Er veränderte den Winkel. Mehr Einzelheiten waren nicht zu erkennen. Es war eine Sequenz aus einem Videofilm. Sein Herz begann heftig zu klopfen. Einige Wochen nach seiner Entlassung aus dem Krankenhaus, in dem er seine Kur absolviert hatte, hatte Mireya ihm eine große Zigarrenkiste geschenkt. »Ich habe meinen Patenonkel Solon um ein Geschenk für dich gebeten. Er hat mir diese schöne Schachtel gebracht. Onkel Solon hat mir gesagt, eines Tages würdest du entdecken, wie viel sie wert ist.« Das Flugzeug wendete. Es begab sich in Startposition. Der Inspektor vergewisserte sich, dass die beiden Banditen nicht in der Nähe herumschlichen, er wollte nicht überrascht werden. Er wusste, dass es ihm in diesem schmerzlichen Moment sehr schwer fallen würde, auf der Hut zu sein. Er musste seine Waffe griffbereit halten. Er betrachtete das zweite Foto. Das, das Solon aufgenommen hatte, bevor er mit ihm, Dieuswalwe Azémar, den Tatort verlassen und die Verschwörer so gezwungen hatte, ihren Plan zu ändern. Die Zigarrenkiste war nicht mehr da. Es war die, die Mireya ihm geschenkt hatte.

Das Flugzeug wurde schneller. Inspektor Azémar schaltete das Telefon aus. Der erste Gauner, der mit der Kappe, versuchte ihn zu überrumpeln und tauchte plötzlich links hinter ihm auf. Kaum drei Meter entfernt. In einem Sekundenbruchteil wusste der Inspektor, wo der Angreifer stand. So schnell, dass er ihn nicht selbst bemerkt haben konnte, sein *garde* musste ihn gewarnt haben. Azémar schoss ihm ohne zu zögern eine Kugel in den Kopf. Er legte keinen Wert darauf, die Delinquenten zu verfehlen. Der andere zögerte, überrascht über seine schnelle Reaktion, und schickte sich dann an, kehrtzumachen und zu fliehen. Die Kugel traf ihn im Genick. Er fiel in den offenen Abwasserkanal neben der Straße. Als die Räder der Boeing sich in einer kleinen Staubwolke vom Boden lösten, begann der Inspektor zu trinken. Er wusste, wo die Dokumente waren. Seine Tochter Mireya hatte ihm ein weiteres Mal aus der Klemme geholfen. Er trank in bedächtigen Schlucken und entdeckte in der Bitterkeit des *soro* ein unbekanntes Aroma. Eine Sehnsucht. Eine Depression. Einen Endzeitgeschmack. Einen Geschmack der Lächerlichkeit. Der Ohnmacht. Mit jedem Schluck vom Grün des *soro* drang das Flugzeug tiefer in das Blau des Himmels. Die Tränen, die seine von Sonne und Schlafmangel ausgetrockneten Wangen zerfurchten und sich ihren Weg durch seinen struppigen Schnurrbart bahnten, verliehen dem *soro* einen leicht salzigen Geschmack. Die Flasche steckte wie ein Knebel zwischen seinen Lippen, erstickte sein Schluchzen und verhinderte jeden Versuch zu schreien, sich die Zunge auszureißen. Als das Flugzeug nur noch ein kaum sichtbarer Punkt weit im Norden, in den Wolken über dem Gebirge war, war die Flasche leer. Die Zähne des Inspektors klemmten den Flaschenhals weiter ein und verhinderten, dass er ihn aus dem Mund nahm. Nachdem er ihn endlich losgeworden war, sank er in die Knie und hämmerte mit den Händen auf das Blech des Autos. Er brachte keinen Laut heraus. Beim Aufstehen schwankte er, um ihn herum war nur noch Mireyas Abwesenheit. Hätten die Gauner diesen Moment abgewartet, hätte er sie gewähren lassen, um sich das Leben zu nehmen. Seine Liebe zu Mireya war sein einziges Bollwerk gegen den Todestrieb gewesen, der ihn bedrängte. Wie lange würde er standhalten, nun, da sie weit weg in Sicherheit war?

Er stieg wieder in seinen alten Nissan. Seine rechte Hand verwandelte sich erneut in ein scheußliches, von Würmern zerfressenes Anhängsel. Er schloss die Augen und öffnete sie wieder. Seine Hand wurde wieder normal, zitterte aber. Es gelang ihm dennoch, den Schlüssel ins Zündschloss zu stecken. Eines Tages würde er in Brasilien eine Blume auf das Grab von General Ramos Racelba und auf das seiner Tochter Amanda legen. Er fuhr rückwärts vom Bürgersteig hinunter. Im Spiegel entdeckte er zehn Meter hinter sich den Militärjeep in den Farben des brasilianischen Kontingents. Er fuhr los. Der Jeep ebenso. Die Anwesenheit der Militärs ließ etwas in ihm wieder aufflammen. Ein Bedürfnis, den Wahnsinn zum Kampf zu stellen. Ein Bedürfnis, all jenen, Ausländern oder Einheimischen, die seinem Land dieses ständige Chaos, diese unmäßige, zur Lebensweise erhobene Korruption wünschten, die Faust zu zeigen. Mireya war weit weg, er hatte die Ellbogen frei. Nun brauchte er guten *soro*. Er schaute in den Rückspiegel. Die Militärs waren immer noch da. Er dachte an seinen Freund Pierre Quartier, der zu Raskolnikow geworden war. Der Student und Poet war von diesem Land verschlungen worden. Ihn, Dieuswalwe Azémar, würde man nicht in die Knie zwingen. Ein weiteres Mal stellte er fest, dass der Jeep ihm folgte. Wenn seine Feinde glaubten, ihn zermürben zu können, dann vergaßen sie ein Detail: Seine zwei Rosskuren hatten ihm die beiden W in seinem Vornamen nicht nehmen können.

Port-au-Prince, den 1. Mai 2013

ALPHABETISCHES GLOSSAR

Bòkò: Magier. Im Gegensatz zum *houngan* oder der *mambo*, dem Voodoopriester bzw. der Voodoopriesterin, praktiziert er auch schwarze Magie.

Candomblé: Dem Voodoo ähnliche Religion afrikanischen Ursprungs, die vor allem in Brasilien praktiziert wird.

Kleren: Zuckerrohrschnaps, weniger stark und billiger als Rum.

Konpa: populäre, dem Calypso ähnliche Tanzmusik.

La Brésilienne: Zu dem Fall in La Brésilienne, siehe Gary Victors Roman *Les cloches de La Brésilienne*.

Land ohne Hut: Totenreich.

La pè nan vant, la pè nan tèt : Wer Frieden im Bauch hat, hat auch Frieden im Kopf.

Masisi: Homosexueller.

Soro: eine Art *tranpe*, aromatisiert mit den Blättern der Bittermelone.

Tap-tap: Kleintransporter, der als Sammeltaxi dient.

Tranpe: *kleren*, aromatisiert mit Früchten, Kräutern oder Wurzeln.

W: Inspektor Azémar hat die Schreibung seines Vornamens von *Dieusoitloué* in *Dieuswalwe* geändert. Der Wechsel von der französischen auf die kreolische Schreibung ist ein Bekenntnis zur haitianischen Kultur und bedeutet für ihn eine Verpflichtung auf die Werte, die er hochhält. Der Name bedeutet »Gott sei gelobt«.

GARY VICTOR bei litradukt

Soro

Sofort nach dem Erdbeben erhält Inspektor Dieuswalwe Azémar einen neuen Auftrag von Kommissar Solon: Er soll herausfinden, mit wem die Frau des Kommissar in das stadtbekannte Stundenhotel gegangen ist, unter dessen Trümmern ihre Leiche gefunden wurde. Dumm nur, dass dieser Mann der Inspektor selbst war. Außerdem ist da der berühmte Maler, der angeblich dem Erdbeben zum Opfer gefallen ist. Zu den Gewissenskonflikten kommen seltsame Gedächtnisstörungen, und auch sein Lieblingsgetränk, der aromatisierte Zuckerrohrschnaps namens *soro*, hilft ihm diesmal nicht weiter …

140 S., Softcover, 11,90 €
ISBN: 978-3-940435-14-9

Platz 5 der Krimibestenliste der ZEIT Juni und Juli 2015

Platz 4 der Litprom-Bestenliste *Weltempfänger* Nr. 27, Sommer 2015

»Grandiose Phantasmagorie, dieses Buch. […] Ist auch praktisch. Wenn einmal nämlich der Alkohol ausgeht […], muss man nur an den Seiten schnüffeln.«

Elmar Krekeler, *Die Welt*

GARY VICTOR bei litradukt

Schweinezeiten

Ein drückend heißer Sommer in Port-au-Prince. Inspektor Dieuswalwe Azémar betrachtet sich als gescheiterte Existenz. Da er sich der allgemeinen Korruption verweigert, gilt er als Versager, dem nur die Flucht in den Alkohol bleibt. Als das Leben seiner Tochter in Gefahr gerät, findet er jedoch seine Reflexe als Elitepolizist wieder und zieht mit seiner Beretta und viel Zuckerrohrschnaps in den Kampf gegen Bestechung und okkulte Machenschaften. Was verbirgt sich hinter der Kirche vom Blut der Apostel? Was hat der Traum seiner Tochter zu bedeuten? Und was ist das für eine seltsame Verwandlung, die mit seinem ehemaligen Assistenten vor sich geht? ...
Ein Voodoo-Krimi mit allen Zutaten, die Inspektor Azémar in Haiti zu einer Kultfigur machen. Je unwirklicher, desto realistischer.

Platz 8 der Krimibestenliste der ZEIT 2/2014.

Platz 3 der Litprom-Bestenliste *Weltempfänger* Nr. 22, Frühjahr 2014

130 S., Softcover, 11,90€
ISBN: 978-3-940435-11-8

»Die grellen Farben der Verzweiflung, eine knochenmarkzerstörende Bitterkeit und das schrille Kichern des Deliriums sind die Zutaten, aus denen Gary Victor dieses 130-Seiten-Konzentrat großartiger Kriminalliteratur ausgekocht hat. Haiti überlebt!«

Tobias Gohlis, *DIE ZEIT*

Mehr Informationen und Leseproben auf unserer Website

LITRADUKT.de

LYONEL TROUILLOT bei litradukt

Lyonel Trouillot wurde 1965 in Port-au-Prince geboren, wo er noch heute lebt. Er schreibt Lyrik und Prosa in französischer und kreolischer Sprache. Seine Romane wurden mit zahlreichen Preisen ausgezeichnet. Als Mitglied und Sprecher des *Collectif Non*, einer Initiative von haitianischen Intellektuellen, gehörte er zu den wichtigsten Opponenten gegen das Regime von Jean-Bertrand Aristide. Lyonel Trouillot lehrt französische und kreolische Literatur an der Universität Port-au-Prince.

Thérèse in tausend Stücken

Thérèse, Tochter aus gutem Hause und anständige Ehefrau in einer haitianischen Provinzstadt, entdeckt mit 26 Jahren ihr zweites Ich. „Die andere" macht sich zum Sprachrohr ihrer Zweifel und Sehnsüchte und lässt sie die Stadt, in der sie lebt – eine Stadt, „in der selbst die Träume zu einer bestimmten Stunde zu Hause sein müssen" –, ihre Familie und sich selbst mit anderen Augen sehen.
Das Erwachen einer Frau zur Selbstbestimmtheit in einer verknöcherten, in erstarrten Traditionen befangenen Gesellschaft.

Erscheint im Herbst 2017

LYONEL TROUILLOT bei litradukt

Jahrestag

Port-au-Prince, Anfang 2004, Jahr der zweihundertjährigen Unabhängigkeit Haitis. Der Student Lucien Saint-Hilaire begibt sich aus dem Slum, in dem er wohnt, zu einer Demonstration. Die Stimmen der Personen, denen er begegnet, und die, mit denen er im Geist Zwiesprache hält – sein Bruder, der zum Gangster geworden ist, seine Mutter, die als Bäuerin in der Provinz lebt, die »Ausländerin«, die er liebt, ohne sie wirklich zu kennen, der Ladenbesitzer, der den alten Zeiten nachtrauert –, treten in Dialog mit seinen Gedanken und ergänzen sie zu einer Typologie der haitianischen Gesellschaft. Vor dem Leser, der Lucien bis zur letzten Polizeiattacke begleitet, entsteht das Bild eines zutiefst zerrissenen Landes, aber auch der erneuernden Kräfte und ihres Einsatzes für Gerechtigkeit und Demokratie.

96 S., Softcover, 11,90€
ISBN: 978-3-940435-12-5

»›Die Dinge haben keinen Grund. Man muss nur hinsehen‹, legt Trouillot seinem Helden in den Mund, der bis kurz vor seinem Tod davon träumt, einen Roman zu schreiben, ›dessen Held das Schweigen‹ ist, ›ein Buch des Blicks, das sich den Lärm erspart‹. Genau dieses Buch hat Lyonel Trouillot geschrieben und dem Schweigen eine Stimme gegeben.«

Cornelius Wüllenkemper, *Süddeutsche Zeitung*

LOUIS-PHILIPPE DALEMBERT bei litradukt

Die Götter reisen in der Nacht

Wie kann man „von der Insel" stammen und trotzdem kaum eine Ahnung vom Voodoo haben? Das muss sich der Erzähler fragen lassen, als er sich bei einer Zeremonie blamiert. Schuld ist seine streng protestantische Großmutter, bei der er aufgewachsen ist und die ihn von solchem „Teufelszeug" abgeschirmt hat. Die Neugierde des Jungen stachelt das nur an. Wie vollzieht sich eine „Rückkehr nach Guinea"? Warum lässt seine Tante ein Festmahl vergraben? Um nicht mehr das „Unschuldslamm" zu sein, über das sich alle lustig machen, plant er einen großen Befreiungsschlag. Ein amüsanter Roman voll farbiger Gestalten und kreolischer Fabulierlust. Hinter den spannenden und komischen Situationen scheinen immer wieder die Themen auf, die Dalembert besonders teuer sind: Das „Zeitenland" der Kindheit und seine Tabus, die Auseinandersetzung mit den eigenen Wurzeln, das Vagabundentum ...

200 S., Softcover, 16,80 €
ISBN: 978-3-940435-19-4

»Louis-Philippe Dalembert hat einen magisch pulsierenden Roman geschrieben«

Cornelius Wüllenkemper, *Süddeutsche Zeitung*

LOUIS-PHILIPPE DALEMBERT bei litradukt

Jenseits der See

Eine haitianische Familiensaga über drei Generationen. Bleiben oder gehen, diese Frage variiert Louis-Philippe Dalembert in seinem *»packenden aber alles andere als leichtverdaulichen Roman«* (Gaby Mayr, *SWR2*) virtuos aus dem Blickwinkel der Hauptfiguren.

Platz 5 der *litprom*-Bestenliste *Weltempfänger* 2/2009.

145 S., Softcover, 12,90€
zweite, überarbeitete Auflage
ISBN: 978-3-940435-15-6

»Schritt für Schritt zeigt Dalembert, ... wie sich Haiti innerhalb der Lebensphase einer Person verändert hat. Die Kontraste, die zu Beginn der Erzählung und zum Ende hin sichtbar werden, sind ein erschütterndes Zeugnis von der Zerstörung dieser Gesellschaft.«

Andrea Pollmeier, *Literaturnachrichten*

ANTHONY PHELPS bei litradukt

Anthony Phelps, Lyriker, Prosaautor und Bildhauer, geboren 1928 in Port-au-Prince, kann als lebender Klassiker Haitis gelten. Als Gegner Duvaliers muss er 1964 nach einem Gefängnisaufenthalt ins Exil nach Montreal gehen, wo er noch heute lebt. Sein literarisches Werk umfasst etwa 30 Bücher, darunter das Kultbuch *Mon pays que voici* (1968), eine lyrische Hymne an sein Heimatland.

Wer hat Guy und Jacques Colin verraten?

Sechs Uhr morgens. Ein weiterer Tag im Leben Claudes, den er auf seinem Balkon verbringen wird, während unter ihm der Kindergarten, den seine Schwester früher betrieben hat, verwaist daliegt. Zwei Kinder, Guy und Jacques Colin, wurden von den *tontons macoutes* als Geiseln genommen. Wie konnten die Miliz ihr Versteck finden? Der Tagesablauf verschwimmt mit den Erinnerungen und Träumen Claudes, den immerfort dieselbe Frage quält: Wer hat Guy und Jacques Colin verraten?

Ein eindringliches Zeugnis aus dem Haiti unter der Diktatur Duvaliers.

116 S., Softcover, 9,90€
ISBN: 978-3-940435-18-7

»Auf höchstem literarischen Niveau.«
SRF2 Kultur